Les Avrils
Groupe Delcourt
8, rue Léon-Jouhaux
75010 Paris
lesavrils@editions-delcourt.fr

www.lesavrils.fr

La Famille

Itinéraires d'un secret

Suzanne
Privat

Les Avrils

Avertissement

Pour préserver l'anonymat des personnes, et à l'exception d'un patronyme déjà largement diffusé, l'autrice a choisi d'utiliser des noms d'emprunt. En conséquence, les noms Bouché, Brin, Cavagne, Delahaye, Dupray, Dréau et Pincemin ne correspondent en aucun cas à des personnes appartenant à la communauté la Famille.

De la même manière, à l'exception d'un seul, les prénoms des protagonistes contemporains ont également été modifiés.

Le personnage de Colombe est fictif. Toute ressemblance avec des personnes existantes ou ayant existé serait fortuite.

Les sources et références sont réunies en fin d'ouvrage.

Comment lire ces traces ?
Comment aller au-delà,
aller derrière
ne pas nous arrêter à ce qui nous est
donné à voir
ne pas voir seulement ce que l'on savait
d'avance
que l'on verrait ?

Georges Perec, *Ellis Island*

I

Vies scolaires

J'ai toujours aimé les photos de classe pour ce qu'elles dévoilent des facettes inconnues des enfants et pour ce qu'elles transportent de nostalgie. La petite fille qui sourit au photographe n'est déjà plus celle qui s'était laissé surprendre en pleine messe basse l'an dernier. Cette amie qui partageait ses conciliabules, où est-elle maintenant ? Et ce pull, qu'elle avait tenu à mettre pour son bleu préféré ? Pour sa première photo de collège, Carmen avait sorti le grand jeu : chevelure libérée et presque coiffée, jean slim et tee-shirt Star Wars déniché au rayon garçons. Sur ce cliché, elle est encore l'une des plus grandes. Elle ne sait pas encore que, dès l'année suivante, son avance en taille se sera évanouie et qu'en quatrième elle aura définitivement intégré le club des petits.

À onze ans, Carmen aimait encore me raconter ses aventures à l'école et je ne me faisais pas prier pour l'écouter. Depuis la primaire, la photo de classe était l'un de nos rituels préférés. Nous commencions par nous moquer du graphisme de la pochette, invariablement kitsch quel que soit le millésime. Puis nous admirions le portrait plus ou moins réussi qui serait envoyé à mémé. Enfin venait la revue du groupe. Chaque élève y passait, avec ses singularités et ses plus beaux faits d'armes. Pour son entrée dans le monde merveilleux de la préadolescence, Carmen avait été particulièrement prolixe en détails, s'attardant sur ses meilleurs amis. Ali, qui avait toujours de super notes sans rien faire. Agathe, la poétesse persane. Clémentine, qui s'était cassé le bras. Et le beau Mathieu, le cousin de Matthieu avec deux *t*.

« C'est pas pratique, m'avait-elle expliqué, parce qu'en plus du prénom ils ont le même nom. À l'appel, on se marre. Les profs ne savent jamais qui est qui. Et Clémentine aussi, elle est de leur famille.

– C'est la sœur d'un de tes deux potes ?

– Non, c'est juste une cousine. Son nom à elle c'est Cavagne, alors que les Mathieu c'est Pincemin.

– Ça doit être cool d'être dans la même classe que ses cousins quand on entre en sixième. Au moins, on est sûr d'avoir quelqu'un à qui parler à la rentrée si jamais on ne retrouve pas ses copains de primaire. »

Ma remarque n'était pas tout à fait gratuite. Je me souvenais de la mine perdue de Carmen le jour de la rentrée et de ses regards furtifs pour essayer de repérer parmi les visages inconnus ceux qui pourraient lui sembler suffisamment engageants pour qu'elle ose un sourire.

« Clémentine, elle n'a pas que les Mathieu comme cousins. Il y a aussi Lia Bouché, en sixième 4. Elle, c'est sa vraie pote. Elles sont toujours ensemble. Dès que la récré sonne, elles sont collées.

– Mais alors, ils sont tous cousins dans ton collège ?

– Non, juste les Cavagne, les Pincemin et les Bouché. »

Pour sa troisième, nous avons été gâtés. À la place de l'illustration indigente de l'année précédente, la pochette arbore un montage de plusieurs photos du bahut : l'avancée arrondie blanche où s'inscrivent trois immenses vitraux et les portes d'entrée – collège à gauche, lycée à droite –, l'une des deux élévations qui abritent les escaliers, la cour en plongée, les fresques Art déco de la cantine, et une vue d'ensemble assez moche où l'on distingue surtout les parkings à vélo du cours de Vincennes. Sur la photo de groupe, Carmen semble refouler un fou rire. Ali, Agathe et Clémentine sont toujours là, avec les deux Mathieu/Matthieu, tignasse épaisse et sourire sardonique pour l'un, air lunaire et grosses lunettes pour l'autre. Ils ont tous bien poussé.

Et puis Carmen a quitté son collège du 20e arrondissement pour un lycée du 19e, et c'est sur son téléphone qu'elle m'a montré sa photo de seconde, envoyée par une copine. J'ai senti que c'était la dernière que je verrai, les commentaires étaient plus elliptiques, certains prénoms lui échappaient. Ali se tient deux rangs derrière elle. À vue de nez, il mesure maintenant un bon mètre quatre-vingts alors que ma fille plafonne vingt centimètres plus bas. L'un des deux Mathieu est là aussi, celui avec un seul *t* je crois, le rêveur. Clémentine et le Matthieu moqueur ont disparu.

« Ah, il a plus ses cousins, ton copain ?

– T'en fais pas, c'est une très grande famille. Quand y en a plus, y en a encore. Là, tout en noir avec sa tête de tueur, c'est aussi un Pincemin. Et au bout du rang, c'est un Thibout. »

Bien sûr, je ne me souviens plus de ses mots exacts, mais c'était l'idée : des Cavagne, des Bouché, des Pincemin et des Thibout, plus ou moins cousins.

Puis Georges est à son tour entré au collège. J'ai dû déterrer sa photo de classe au fond de son cartable, pas encore froissée, coup de bol. À l'inverse de sa sœur, mon fils n'a jamais pris plaisir à s'appesantir sur cette tradition qui lui rappelle insidieusement qu'il passe cinq jours sur sept entre les murs d'un lieu qu'il préférerait fuir. Petit, c'est tout juste s'il ne fallait pas le torturer pour qu'il daigne nous désigner ses copains les plus proches. Cette fois-ci, il a grommelé alors que je m'installais dans le canapé pour détailler l'image.

Georges se tient à l'extrémité de la première rangée, avec les habits neufs que j'ai sortis la veille et qu'il a mis un quart d'heure à enfiler avant de partir comme une balle en râlant parce qu'il risquait d'être en retard. Il sourit vaguement, mais certainement pas au photographe dont il semble ignorer la présence. Comme à son habitude, il est ailleurs ; c'est là où il se sent le mieux.

Je reconnais Christophe, et Yanis, le petit frère d'Ali, les potes de toujours qui ont bien hurlé pendant la dernière fête d'anniversaire à la maison. Et lui là, il me dit quelque chose, avec sa touffe blonde, presque aussi volumineuse que les boucles roux foncé de mon rejeton.

« C'est qui ? »

Haussement d'épaules.

« Connais pas.

– Mais la rentrée, c'était il y a plus de quinze jours, non ?

– Oui, mais je ne lui parle jamais, il traîne toujours avec ses cousins. »

Décidément…

Plantant Georges sur le canapé avec sa photo sur les genoux, j'ai foncé vers la bibliothèque où est stockée la collection complète des vingt et une pochettes retraçant la vie scolaire de nos deux enfants. J'ai extrait les photos de collège de Carmen. Ici, juste à droite. Une bouille ronde quasi identique, les mêmes mèches indisciplinées, le même sweat à capuche marine et cordon orange.

« Toi aussi, tu as des Pincemin dans ta classe ? »

Nouveau haussement.

« Ben oui, comme tout le monde.

– Des Cavagne, des Bouché et des Thibout aussi ? »

Cette fois-ci, j'ai eu droit à un franc soupir :

« Bien sûr.

– Mais ils sont vraiment tous cousins ? »

Georges a roulé des yeux exaspérés avant de déguerpir en vitesse, considérant sans doute qu'il m'avait consacré assez de temps.

Bruits de comptoir

Ce jour-là, Georges et Carmen avaient cours de bonne heure et je n'avais pas d'urgence. J'ai pu démarrer ma journée comme je l'entends : mollement. Au programme, lecture de revues obscures, shoot d'Instagram, rêvasserie en laissant le chien faire le chat sur mes genoux, café froid, douche chaude en maugréant contre France Info, hésitation devant le placard, maquillage raté. Et direction le café du coin de la rue, mon repaire presque quotidien.

La troupe habituelle de mes amies est au complet, je suis presque toujours la dernière à arriver. En attendant mon sempiternel verre d'eau pétillante, j'écoute la conversation qui va bon train. Je ne suis pas vraiment du matin. Il peut même m'arriver d'être plutôt taiseuse et de me contenter – au sens de contentement, pas de pis-aller – d'observer ma microsociété secrète parisienne. Charlotte, Celle-qui-pleure-le-jeudi et dévore la vie le reste du temps, défiant les djinns petits et grands. Léa, Celle-qui-aimerait-aimer-mais-qui-a-peur-d'être-blessée, dix ans de moins que nous autres et belle comme le jour. Celle-qui-tient-bon et qui m'en impose un peu avec sa haute taille et son panache blanc. Marthe, Celle-qui-a-l'esprit-si-fin et qui se trouve être ma voisine d'immeuble. Et deux ou trois autres encore, qui vont et viennent au gré des agendas.

Ce matin, Anna est en verve. Anna, c'est Celle-qui-aimerait-réparer-le-monde mais qui à défaut dézingue ses semblables avec un humour sale. Aujourd'hui, elle nous parle des copains de son fils, Joshua, qui comme le mien découvre les joies du collège. Les deux lascars ont d'ailleurs longtemps fait acte de présence en classe ensemble, mais cette année, les caprices de la carte scolaire parisienne les ont séparés. Anna croque l'humain avec gourmandise et possède un talent indéniable pour esquisser des portraits hilarants. J'aime beaucoup l'écouter et j'admire secrètement sa capacité à équilibrer l'aigre et le sucré. Joshua l'a bien entraînée en lui fournissant année après année un aréopage d'amis aussi foutraques qu'il l'est lui-même. Au milieu de sa galerie de portraits, une figure retient mon attention.

« En ce moment, dit-elle, Joshua me parle tout le temps d'un certain Abel avec qui il a mis au point un dispositif d'élucubrations et de discussions silencieuses par glissements de cahiers interposés, histoire de ne pas se faire choper par les profs. Je ne l'ai pas encore rencontré celui-là, mais il m'a l'air bien perché. Il met des vidéos sur YouTube dans lesquelles il fait jouer ses frères et sœurs qu'il déguise avec les moyens du bord et à qui il fait dire des horreurs, des histoires de démons menaçants et de châtiments éternels. Joshua m'en a montré une, c'était flippant. En plus, ils se ressemblent tous et ils sont plein ! Joshua dit qu'Abel est le cinquième sur dix enfants.

– Vous parlez d'Abel Cavagne ? »

Je ne connais que de vue la jeune femme qui vient de s'inviter dans la conversation. Elle appartient à un autre groupe, un cercle de gens plus jeunes qui squattent aussi le comptoir tous les matins. « Oui », répond Anna. Mon cœur fait un drôle de saut.

« C'est vrai, ils sont bien dix, continue la jeune femme. Et je crois même qu'ils seront bientôt onze. Je travaille à la PMI à côté et je les ai tous vus en consultation quand ils étaient bébés. La dernière fois que j'ai fait le rappel de vaccin de l'un d'entre eux, la maman était encore enceinte. Elle me fascine cette dame, elle gère tout son monde avec un calme olympien et elle sourit tout le temps. On dirait que c'est tout ce qu'elle attendait de la vie, d'avoir dix mioches. »

Le patronyme semble avoir ouvert une serrure magique. Tout le comptoir, soudain, a quelque chose à dire sur les Cavagne.

« J'avais un copain qui s'appelait comme ça au lycée, raconte un grand gaillard d'une trentaine d'années. Il était cool mais c'était un mystère pour notre classe. Il ne traînait jamais après les cours, ses parents voulaient qu'il rentre tout de suite. D'un autre côté, il nous parlait de ses week-ends de folie avec sa bande de potes. Ça collait pas, on se demandait s'il n'était pas un peu mytho. »

« Il y avait deux frères au collège, intervient un autre. Avec juste un an d'écart. On se moquait parce qu'ils étaient toujours habillés avec les mêmes fringues de marché. Je me souviens d'un pull gris échangé au fil des semaines. »

Je pense aux gosses à joues rondes et mèches rebelles sur les photos de classe de Carmen et de Georges, au sweat marine à cordon orange qui passe des uns aux autres. Je choisis un autre nom et me lance :

« Et les Pincemin, ça vous dit quelque chose ?

– Bah c'était leurs cousins, je crois, reprend le grand gaillard. Pour moi d'ailleurs, c'était plutôt des cousines. Je ne me souviens que des filles, on les appelait les filles de la Grande Famille. Elles étaient très belles. On avait une sorte de challenge entre mecs, essayer d'être le premier à sortir avec l'une d'entre elles. Personne n'a jamais gagné. Elles étaient tout simplement impossible à pécho. »

Charlotte prend la parole à son tour.

« Quand ma cadette était en primaire, il y avait un Pincemin dans sa classe. Un gosse qui se battait tout le temps, en colère contre le monde entier. Il lui faisait de la peine, et un peu peur aussi… »

Je connais Charlotte depuis la dernière année de maternelle de Georges, depuis le square où nos deux bambins s'invectivaient sur le toboggan, sa fille hululant, mon fils faisant semblant de ne pas entendre. Notre amitié est de celles qui s'installent sans qu'on y prenne garde. Des discussions sur un banc qui en appellent d'autres, et un beau jour les sourires échangés prennent une autre profondeur. Forcément, ce qu'elle vient de dire m'interpelle. Sa fille, Joshua et mon Georges ont passé toute la primaire dans les mêmes classes. Mais je ne me rappelle aucun Pincemin dans l'école de Georges quand il était petit.

Anna, elle, s'en souvient.

« Ce garçon, c'était la terreur de la récré. »

Son fils avait eu maille à partir avec lui plusieurs fois et elle avait voulu en parler à ses parents, mais elle n'avait jamais réussi à les rencontrer. La maîtresse n'avait rien fait pour faciliter le contact, alléguant que la famille appartenait aux Témoins de Jéhovah, aux mormons, « ou un truc du genre », et que c'était peine perdue : « Ils ne font rien de mal, mais c'est vraiment difficile de communiquer avec ces gens-là. »

Itinéraires d'un mystère

Bien sûr, j'aurais pu passer à autre chose. Mais ce n'est pas dans ma nature. J'ai la curiosité dévorante. Pire qu'un gremlin, il ne faut jamais la nourrir après minuit. Ni avant d'ailleurs. N'importe quoi peut la déclencher. Mon mot préféré est « pourquoi », suivi de peu par « comment », « combien », « où » et « quand ». À six ans, mes parents me voyaient déjà journaliste. Moi, je me rêvais entomologiste, parce que j'aimais les toutes petites vies. Ou poète, parce qu'un poète ça ne fait rien à part scruter la ligne bleue des Vosges de son for intérieur (mon autre passion). Finalement, après avoir vainement tenté d'échapper à mon destin pendant sept ans d'études et dix d'agence de communication, j'ai dû me rendre à l'évidence. Je suis devenue plumitive. Et mes parents avaient vu juste : j'aime assez bien.

Je trouve autant de plaisir à voguer à la surface d'un sujet qu'à le grignoter jusqu'à la moelle. Tout fait ventre. L'obsession du *highlighter* chez les ados ? Je prends. Un nouvel estimateur d'erreurs pour les modèles probabilistes avec contact ? Parfait. Les leviers de la réussite des opérations de logements-tiroirs dans les projets de réhabilitation urbaine ? Envoie. Et le temps du dossier, je vais trouver ça palpitant. Bon, après j'oublie presque tout, mais il me reste toujours deux ou trois mots qui pourraient me servir à briller en société, si j'aimais la société.

Quand je suis rentrée chez moi après le café du matin, ça tumultait dans mon cerveau. Beaucoup trop de Pincemin et de Cavagne au kilomètre carré. Sans compter les Thibout et les Bouché. Et puis je n'étais manifestement pas la seule à être intriguée par ces voisins pas tout à fait comme les autres.

J'ignore quelle corde intime avait été frottée mais, cette fois-ci, j'ai choisi de m'abandonner entièrement à ma curiosité, de marcher dans les pas de ces innombrables cousins, de m'avancer sur les itinéraires du mystère qui les entoure. J'ai voulu essayer de comprendre pourquoi par chez moi, dans ce coin tranquille du 20e arrondissement de Paris, tout le monde les connaît sans les connaître. Pourquoi ils sont devenus « ces gens-là » dans la bouche de ceux qui les côtoient. Mes amies, les clients du café, l'école, chacun y va de son couplet, le quartier bruisse de rumeurs sur ces gamins qui se déplacent en bandes, ne se mêlent pas aux autres, membres sans doute d'une communauté religieuse non identifiée. Mais qui sont-ils vraiment ? Et où chercher ? Je voudrais approcher un peu leur vie, ce que j'en perçois d'insondable.

Je pourrais appeler ça une enquête, mais alors sans procédure ni procès. Regarder plutôt du côté des

« Recherches » d'Hérodote, cette vision de l'histoire d'avant l'Histoire, quand on pouvait écrire *Je me propose de préserver de l'oubli les actions des hommes*[1] et que c'était encore formidablement nouveau. Satisfaire mon goût des archives, raconter à ma manière, questionner sans juger, tâtonner, creuser profond, pour le plaisir de l'attente, l'ivresse de l'humus, m'égarer dans les plis du passé, laisser parfois simplement traîner le regard en déambulant.

C'est une première pour moi, cet abandon. Alors, comme à chaque fois que j'entreprends quelque chose d'inédit, je m'offre un cadeau de bienvenue dans l'expérience nouvelle. Ce sera un *leporello* d'épais papier noir, A4 à l'italienne fermé, quatre mètres de long lorsque l'accordéon est ouvert. J'ai de quoi voir venir. Un bloc de Post-it aussi, les classiques jaunes, qui résistent bien aux décollés-recollés multiples. Et enfin un gros carnet japonais à la couverture décorée d'hexagones dorés cernés de noir. Celui-là me servira à déverser mes impressions et mes découvertes en vrac. Je n'inscris rien en gros sur la couverture car je ne sais pas encore quoi écrire. La date seulement, *28 septembre 2019.*

Sur le premier volet du leporello, je colle plusieurs post-it, qui résument à peu près la somme de mes perceptions.

– *Cavagne, Pincemin, Bouché, Thibout*
– *familles nombreuses, mère sereine, enfant en colère*
– *des pulls qui voyagent d'épaules en épaules*
– *un ado cool qui n'a pas le droit de traîner après la classe*

– des vidéos d'enfants déguisés qui parlent de châtiments

– des cousins qui restent entre eux, des filles qu'on peut pas pécho

– Témoins de Jéhovah ? Mormons ?

– ces gens-là

Clics

J'ai commencé par lâcher ma curiosité sur son terrain de chasse de prédilection : internet. J'ai attrapé mon téléphone et saisi trois des noms désormais familiers de ma cosmogonie. Les premiers liens mènent vers la fiche d'une entreprise – *Transports Pincemin-Thibout* – située dans un village de la Meuse. Plus bas, un autre pointe vers le site d'une course caritative organisée par une ONG. J'y repère une équipe composée de Pincemin et de Thibout, puis deux autres où figurent aussi des Cavagne. La dernière réponse de la page provient d'un site de généalogie. Dans les années 1880, une demoiselle Pincemin a eu huit enfants avec un monsieur Thibout. Ils étaient tous deux nés et domiciliés rue de Montreuil, dans le 11ᵉ arrondissement. C'est dans le 20ᵉ que monsieur Thibout est mort en 1902. Juste de l'autre côté du boulevard de Charonne, dans les premiers numéros de la rue d'Avron.

C'est ma rue. Si je me penche à la fenêtre, je peux apercevoir sur le trottoir d'en face la façade de l'immeuble où il a laissé filer son dernier souffle.

Sur la page suivante, une ligne : « Le mystérieux kibboutz de Pardailhan ». Vous avez dit mystère ? Clic.

Fugueuse

« Le mystérieux kibboutz de Pardailhan », c'est le titre d'un reportage de 2012 rediffusé en 2017 dans *La Fabrique de l'histoire* sur France Culture[2]. Je suis immédiatement happée par les images qui illustrent l'émission.

Ma curiosité n'est pas seulement dévorante, elle est aussi volatile. Quitter la proie pour l'ombre, ça me connaît. C'est beau une ombre, ça joue sur les trottoirs, ça se diapre. Parfois, ça va même plus loin et je laisse mes neurones divaguer à bride abattue – allez-y, les gars, faites ce que vous voulez de ce fragment de réel. Mes carnets de notes sont noircis de machins choses venus de je ne sais plus où, d'une image ou d'une phrase cueillie au vent. Aussi, au lieu de me précipiter sur le podcast, mon premier réflexe est de me perdre dans ces deux photos au joli flou noir et blanc.

La première montre trois femmes saisies au moment où elles passent devant un bâtiment bas et sans fenêtre, coiffé de tuiles canal. Deux d'entre elles portent un seau rempli de linge, tandis que la troisième se déhanche sous le poids d'un grand sac. Il semble qu'elles se dirigent vers un lavoir. Elles sont vêtues de la même façon, un foulard clair sur la tête, un tablier à bavette passé sur un pull-over sombre aux manches relevées et de grosses bottes de caoutchouc.

Le second cliché présente un couple de dos qui marche main dans la main vers l'entrée d'un village. Le panneau en pierre indique *Pardailhan*. Seules deux maisons sont visibles. Celle du premier plan est minuscule, guère plus qu'une cabane. Elle est tapie au pied de l'autre, bien plus massive, couverte d'un enduit écaillé et plutôt foncé. Volets fermés. L'homme a les cheveux clairs. Il est vêtu d'un pull court à jacquard. Son cou est ceint d'une écharpe. Sa compagne porte un foulard déjeté vers l'arrière, on aperçoit une opulente mèche de cheveux frisés. Comme les trois femmes de l'autre photo, elle est chaussée de bottes. Elle n'a pas de tablier, mais un ample gilet de laine. Tout dans l'allure du couple affiche une jeunesse et une énergie qui paraissent incongrues dans cet environnement sans âge.

Les deux vignettes sont accompagnées de la même légende : *Reportage dans le village abandonné de Pardailhan près de Béziers où un groupe de Parisiens vit en communauté sur le modèle des kibboutz israéliens. Crédits : Cinq colonnes à la une, INA, 1961*[3].

Le podcast de France Culture attendra. Mais j'ai facilement retrouvé le film sur le site de l'INA. Prix de ma curiosité : 1,99 €.

C’est écrit dans le ciel

Quand mes neurones caracolent, ils aiment bien imaginer ce que je ne sais pas encore. Ça me prend souvent en pleine rue, la laisse à la main, pendant que mon chien inspecte avec entrain toutes les traces olfactives laissées par ses congénères en prenant soin d’ajouter tous les trois mètres cinquante sa contribution à la conversation phéromonale que les bêtes tiennent depuis la nuit des temps. Je possède des carnets remplis de ces fragments d’histoires scrupuleusement couchés sur le papier au retour de promenade-pipi. Autant de graines qui ont commencé à germer, attendant sans trop y croire que je me décide un jour à les arroser pour les faire pousser. Et pour une fois, j’ai envie que quelque chose éclose.

En cette fin février 1960, Paris est une fête. Un soleil incongru réchauffe le gris des toits. Aux terrasses des bistrots, les hommes coulent des regards rêveurs sur les jambes des passantes. Certaines ont poussé l’audace jusqu'à abandonner leurs bas dans le tiroir de l'armoire, il faut en profiter. Les fenêtres sont ouvertes pour faire circuler la douceur, laissant échapper les chansons qui s'écoutent dans les intérieurs. Je me demande quelles sont vos préférées à vous trois. Êtes-vous plutôt Compagnons de la Chanson ou plutôt Bourvil ? Forcément, vous devez bien connaître « La Valse à mille temps » et « Milord » qui tournent sur toutes les radios mais il me semble que ce sont là des chansons d'adultes. À dix et douze ans, vous êtes probablement attirés par un autre répertoire. Johnny Hallyday, Dalida ou Bob Azzam ? *Laï laï laï laï laaaï, laï laï ; laï laï laï laï laï laï... Que je dois te rencontrer, c'est écrit dans le ciel. Et que je dois t'adorer, c'est écrit dans le ciel*[4]...

C'est un lundi, vos parents ont décidé que vous n'iriez pas en classe aujourd'hui. Demain non plus d'ailleurs. À quoi bon ? L'école de la rue Titon appartient déjà au passé. D'ici à la fin de la semaine, vous quitterez définitivement le 11e arrondissement pour suivre l'Oncle Vincent à l'autre bout de la France. Ce sera l'aventure, mieux que dans les bandes dessinées de cow-boys et d'Indiens.

Pardailhan, vous ne savez même pas où c'est, mais rien que le nom fait rêver. Ça sent le Sud, les *r* qui roulent, la cape et l'épée. On vous a dit que c'était dans l'Hérault, vous avez entendu « héros », voilà qui était encore plus bath. Alors aujourd'hui, si vous le voulez, vous pouvez jouer à cache-cache dans les méandres de la cour de l'Industrie ou de la cour Saint-Nicolas et chanter à tue-tête. *Nous vivrons jusqu'à cent ans, c'est écrit dans le ciel. Nous aurons beaucoup d'enfants, c'est écrit dans le ciel.*

Une semaine plus tard, le 7 mars, quand vous émergez du camion au petit matin, la douceur parisienne n'est qu'un lointain souvenir. Cela fait des heures que la pluie cogne la tôle. Le froid vous saisit dès que vous mettez le nez dehors. Et la seule chose que vous pouvez lire dans le ciel, c'est que le soleil n'est pas près de percer la couche de poix bloquée par les contreforts de la Montagne Noire. Mais vous êtes enfin arrivés au terme du voyage. Votre nouvelle vie va pouvoir commencer.

Dans un village presque en ruines, où les quelques habitants qui s'accrochent parlent une langue incompréhensible à vos oreilles de Parisiens. Quand toutefois ils vous parlent. Avec une église réduite à sa plus simple expression : un clocher carré percé d'une minuscule ouverture en plein cintre, un toit à quatre pans, une croix comme esquissée au Bic dans le ciel gris. Et, un peu à l'écart, un château, composé d'un corps de logis trapu avec deux rangs de fenêtres et de deux modestes tours carrées. Tout autour, des garrigues rocailleuses, qui paraissent d'autant plus arides que les arbres sont encore dénudés par l'hiver. En fond de décor, des massifs de résineux sombres. La nuit, vous allez bientôt vous en rendre compte, il peut faire très froid. Et cet été, vous aurez trop chaud. Pas beaucoup de champs cultivés, pas de verger. Ici, le climat n'est pas tendre avec les fruitiers. À peine subsiste-t-il encore un ou deux élevages de moutons. Quelques vignes si ça se trouve, car après tout le Minervois est à deux pas. Mais c'est sûr, plus personne en 1960 ne se fatigue à produire celui qui a longtemps fait la renommée du village – le navet long noir de Pardailhan, au délicat treillis de chair blanche et sucrée.

Des Parisiens à la campagne

Le reportage pour *Cinq colonnes à la une* a été tourné plusieurs mois après l'arrivée de mes trois jeunes amis imaginaires dans l'âpreté de l'Hérault. La mise en scène y est un peu balourde, comme dans l'ouverture où les kibboutznikim viennent s'agglutiner les uns après les autres autour du responsable du groupe, Vincent Thibout, pendant que le journaliste lui tend son micro. J'entends d'ici les indications du réalisateur : « Monsieur, à mon signal, vous avancez, mais pas trop vite, hein ? » ; « Madame Thibout, regardez monsieur Thibout, s'il vous plaît. » ; « Toi, là, avec le béret, arrête de gigoter ! »

La voix off est très datée, tant dans la prononciation du commentateur que dans les mots qu'il choisit. Tout le film transpire d'admiration pour ces Parisiens inexpérimentés venus se coltiner la terre ingrate du plateau de Pardailhan. On ne sait pas bien qui ils sont, ni pourquoi ils se lancent dans une telle entreprise, mais on voudrait qu'ils réussissent.

Sur les images en noir et blanc, les visages des hommes sont confiants. Les gestes amples et assurés, un rien hiératiques, évoquant de lointains souvenirs d'affiches de propagande soviétique. Avec leurs foulards bien ajustés sur le crâne qui leur font un visage tout rond, les femmes ne déparent pas le paysage. Les enfants semblent, eux, tout droit sortis d'un pensionnat de campagne du XIXe siècle. On les voit penchés sur leurs cahiers, donner un coup de main aux champs, jouer sur la place de l'église, manger avec appétit dans la grande salle commune. Mes trois amis pourraient être parmi eux. Peut-être ce presque ado qui sourit timidement sous sa mèche raidie par le froid ?

Cette communauté de quatre-vingts à quatre-vingt-dix personnes apparaît aussi harmonieuse qu'industrieuse. Religieuse indubitablement, mais ce n'est pas la préoccupation première de ceux qui ont réalisé le film. Seul un chœur à bouches fermées aux sonorités judaïsantes ajouté au montage rappelle qu'il s'agit d'un kibboutz. Mais sont-ils juifs ? A priori non : vers la cinquième minute, la caméra survole la gravure d'un christ en croix. Le journaliste se contente d'évoquer une « communauté agricole comme il en existe en Israël » et l'ambition revendiquée par le groupe : faire revivre l'un des trois cent cinquante villages abandonnés que compte la France en ce début des années 1960.

Et abandonné, Pardailhan l'est assurément. La camera lèche à l'envi les traces de la désolation. Fenêtres ternies par le vide, silhouette de femme tendue de noir, vieillard à canne déambulant entre les troncs noueux, lézardes béantes, salle de bistrot déserte. Le clou de la démonstration est le monument aux morts où s'alignent les noms érodés des tombés pour la France. J'ai tenté plusieurs fois de déchiffrer les patronymes, l'œil butant sur la mousse et le lichen. Des mois plus tard, je finirai en désespoir de cause par consulter un site collaboratif entièrement dédié à ce type d'édifices. J'y apprendrai que ce sobre obélisque en marbre rouge de Caunes-Minervois surmonté d'un pyramidion comporte dix-huit entrées classées par ordre alphabétique.

Combien de frères, sœurs ou cousins de ces disparus vivaient encore au village quand les Parisiens sont arrivés ? Quelques vieux et une poignée de paysans qui n'avaient pas encore renoncé à leur élevage ou à leurs champs. Pas beaucoup plus de cent vingt personnes au total. Le recensement de 1954 dénombre cent cinquante et une âmes. Celui de 1962 fait état de deux cent six habitants, incluant les membres du kibboutz. Une fois ceux-ci repartis, le village ne comptera plus que quatre-vingt-treize personnes.

Loin d'un pastoralisme rustique, la communauté de Pardailhan affiche une modernité rutilante, avec ses tracteurs Massey Ferguson dernier cri, son poulailler chauffé pour faciliter l'éclosion, son unité de fabrication de cintres pour une usine de Béziers et son atelier de couture où les femmes « confectionnent des robes de chambre de luxe pour les clientes de Paris ». Tous les membres interviewés se rangent derrière le même rêve : construire leur avenir à la force de leurs bras sans se soucier du passé qu'ils ont laissé derrière eux et dont ils « parlent avec détachement, comme si cela ne les concernait plus ».

Ils étaient tourneurs sur métaux, ébénistes, mécaniciens, fondeurs chez Renault, chefs d'équipe, réparateurs de montres, techniciens dans l'aviation. Un certain Robert, lui, était électricien. Sans décroiser les bras, il explique qu'il a vendu sa petite entreprise artisanale du 20e arrondissement et mis le fruit de la cession à la disposition de la communauté. « Comme tout le monde », souligne-t-il. Chacun a vendu son mobilier, son logement ou les petits souvenirs qu'il avait. Au total, le film dure une quinzaine de minutes pendant lesquelles l'utopie paraît à portée de main.

Étoiles et croix

La nuit est tombée. La table du repas est à peu près débarrassée. Jieff, mon mari, fulmine devant un match de foot. Carmen s'est déjà repliée dans sa tanière de marmotte pour renouer le fil de ses songes. Georges est assis en face de moi, la lueur de la tablette sur ses genoux éclaire doucement son visage pendant qu'il dessine en 3D la Bugatti de ses rêves en respirant très fort comme à chaque fois qu'il est concentré. Le chien ronfle comme un loir, le rose du ventre bien en vue. C'est le moment idéal pour enfin me plonger dans le podcast de *La Fabrique de l'histoire* que j'ai laissé de côté. Je m'empare de mon casque pour mieux m'isoler de la maisonnée. Une première écoute en intégralité, puis une seconde très lentement, par séquences d'une minute environ, en notant au fur et à mesure ce que j'entends dans mon carnet japonais déjà rempli au quart.

La journaliste : « Au début des années 1960, vingt familles du 11e arrondissement de Paris décident de fonder une communauté de vie et de travail dans un village isolé de l'Hérault. Vincent Thibout, un ingénieur de trente-quatre ans a séjourné deux ans dans un kibboutz en Israël. Convaincu par le judaïsme et le sionisme, par la pratique communautaire, il incite ces personnes à changer de vie. Liés entre eux par une religion sans église, proche du jansénisme, ces Parisiens vendent alors tous leurs biens pour fonder une coopérative agricole où le patrimoine de chacun devient propriété de tous. »

Daniel Gerson (journaliste au *Monde*) : « Je rencontre Vincent Thibout et d'autres personnes très sympas. C'était l'heure du dîner. Ils me font rentrer dans une salle très sobre. Il y avait une grande étoile de David. Comme je suis de confession juive, ils voulaient que je récite des prières avant de commencer à manger. Je ne suis pas très pratiquant alors j'étais embêté. J'ai marmonné quelques petites choses de mémoire mais ce n'était pas très orthodoxe. Le repas était très fruste et je me rappelle qu'on entendait les mouches voler. Les femmes d'un côté et les hommes de l'autre. »

Maryvette Robert (habitante du village) : « C'était un village qui se mourait. Alors, quatre-vingts personnes qui occupent toutes ces maisons qui étaient fermées, les dames qui tissent la laine, l'agriculture, les poulaillers, les enfants… ça crée une vie… Vous vous rendez compte ? »

Pierre Donnadieu (maire de Pardailhan de 1989 à 2020) : « Ce qui m'avait un peu choqué, c'est que *ces gens-là* avaient l'intention de nous apprendre à cultiver la terre. Ils avaient deux tracteurs tout neufs. Mais ils n'ont jamais été capables de faire pousser quoi que ce soit. »

Élian Robert (habitant du village) : « Ils ont cultivé des terres sur Pardailhan ainsi que des terres louées à Grandsagnes. Ils en voulaient. Puis ils ont cherché par ailleurs ce qui pouvait les aider à subsister. Un groupe d'hommes allait travailler à l'usine à Mazamet, mais ce n'était pas suffisant. »

Simone Fraisse (institutrice) : « J'avais vingt-quatre élèves, de cinq ans à quatorze ans. C'était des enfants très vivants. À la récréation, ils allaient chercher le casse-croûte et soigner les cochons. Un jour, le conseiller pédagogique est venu et il m'a dit : Vous ne trouvez pas que ça sent mauvais ? Faites-leur poser les chaussures dans le couloir et qu'ils amènent des chaussons. Mais des chaussons, je ne sais pas s'ils en avaient… »

Pierre Donnadieu : « Pour les jeunes que j'ai pu connaître, ils étaient sympathiques mais très fermés. Toujours prêts à aider mais ils esquivaient les questions qu'on pouvait leur poser. »

Daniel Gerson : « J'ai eu l'impression d'être dans un film sur les mormons. Quelque chose de particulier, de sectaire, disons. Dans le sens de très replié. Ils étaient très satisfaits : ils avaient trouvé le havre de leur vie ;

loin de Paris, de la pollution, de l'argent. Ils avaient l'air épanouis, plus les hommes que les femmes d'ailleurs. »

Maurice Coquil (habitant du village) : « Des personnes nous ont dit qu'ils appartenaient à une secte qui s'appelait les Flagellants de Saint-Médard. Maintenant, ces Flagellants je ne sais pas ce qu'ils flagellaient, mais enfin… »

Daniel Gerson : « Au début ils venaient assister à la messe avec un brassard avec une étoile de David avec une croix dedans, et progressivement la croix a disparu. Après ils ne sont plus venus à l'église. Ils voulaient imposer leurs règles. Ils ont aussi assisté à l'office de la synagogue de Béziers, mais rapidement ils se sont querellés avec le rabbin comme ils l'avaient fait avec le curé. Ils ont été voir le Consistoire central à Paris, l'ambassade d'Israël… »

Élian Robert : « Le chef faisait le chef. Il se promenait avec sa conjointe dans sa voiture décapotable et il allait voir les autres qui trimaient. »

Maurice Coquil : « Ils ont été abusés dès le départ, car Vincent Thibout était un aventurier. Il était beau parleur, soi-disant ingénieur. Puis un jour il a été remplacé. »

La journaliste : L'expérience s'achève en 1963, elle aura duré trois ans. Tous les membres du kibboutz quittent alors la région après avoir réglé leurs dettes. »

Daniel Gerson : « Beaucoup plus tard, j'ai cherché dans l'annuaire. Les quelques Thibout que j'ai trouvés m'ont envoyé sur les roses. Si leurs parents s'étaient ruinés dans cette affaire-là, ils ont sans doute eu un mauvais souvenir de cette expédition. Ç'aurait réussi, ils auraient peut-être été heureux de parler. Ils avaient l'air d'être des gens purs, très purs. Ç'aurait pu réussir, peut-être. Mais ça a échoué. »

La journaliste : « J'ai essayé aussi et je n'ai reçu que des réponses négatives. On m'a fait comprendre que je ne saurai rien et que personne ne parlera. »

Je relis mes notes. Une expression en particulier m'a amusée. Ces *Flagellants dont on ne sait pas ce qu'ils flagellaient*. Je farfouille et fais connaissance avec une secte millénariste apparue en Italie au XIe siècle. Un cortège de personnes se réclamant de ce mouvement traverse l'Alsace au mitant du XIVe en se fouettant vigoureusement dans l'espoir d'apaiser la colère de Dieu. Avec un succès modeste, puisque l'année suivant leur passage, la peste noire ravage la région. Aussi exotiques soient-elles, les descriptions que je lis de cette secte ne me semblent pas coller avec l'idéal communautaire du kibboutz sur au moins un point : les Flagellants vouaient les juifs aux gémonies alors que les paysans parisiens portaient l'étoile de David en brassard. Il faudra que je tire cela au clair.

Derrière l'écran

Et ensuite ? Que sont-ils devenus, ces « gens purs, très purs » ? Qu'ont-ils fait après avoir quitté le plateau froid et caillouteux de Pardailhan ?

Je commence par celui autour duquel tout ce petit monde semblait tourner : Vincent Thibout. Je le cherche partout sur internet. Il pourrait être encore vivant. Mais je ne trouve rien d'intéressant, si ce n'est deux profils Viadeo de personnes quarante ans trop jeunes pour être le chef des kibboutznikim et qui ne lui ressemblent absolument pas. Et deux SCI en Haute-Loire et dans l'Aisne qui portent son nom. D'ailleurs, dans ce dernier département, je remarque aussi la mention du décès d'un Vincent Thibout en 1974, à l'âge de quarante-neuf ans. Mais faute d'information complémentaire, il m'est impossible de savoir si c'est vraiment lui.

J'étends le champ des recherches en combinant les prénoms repérés dans le reportage et Pincemin, l'autre nom cité. Pas mieux. Alors j'ajoute Cavagne, comme Abel et sa fratrie pléthorique, comme Clémentine, la copine de collège de Carmen, comme tant d'autres gamins de mon quartier. Cette fois-ci, plusieurs combinaisons remontent des résultats. Je clique sur celle comportant le prénom le plus daté, espérant que ça me mène vers quelqu'un qui aurait l'âge d'avoir vécu Pardailhan. Raté. Me voici sur la page LinkedIn du comptable d'une entreprise située à deux cents mètres de chez moi. Il s'appelle Lucien Cavagne, mais il n'a guère plus de trente ans. Je le cherche sur Facebook.

Sur sa photo de profil, il porte un tee-shirt bleu et une casquette rouge à l'emblème des Chicago Bulls. C'est cette dernière qui m'aide à le retrouver sur une autre image, au milieu d'une grande tablée hilare de jeunes gens. Je scrolle un peu sur sa page. Il aime le heavy metal et les ambiances enfumées. Il a aussi un penchant pour le street art et des convictions écologiques revendiquées.

Chacun de ses posts est abondamment commenté ou a minima souligné de nombreux pouces bleus et d'émojis variés. Pour beaucoup émanant de personnes portant, en clair, en abrégé, sans voyelle ou à l'envers, l'un des quatre patronymes qui m'accompagnent désormais depuis quelques semaines. Sa liste d'amis est publique. Elle est longue : des Pincemin, Bouché, Thibout, Cavagne à la pelle… et aussi quatre autres noms qui reviennent plusieurs fois : Brin, Dréau, Dupray, Delahaye. C'est vertigineux de les voir ainsi se répéter en cascade. Y en a-t-il d'autres ? J'aimerais interroger Carmen et Georges, mais je sens bien que ma nouvelle idée fixe au mieux les indiffère, au pire les agace.

Je clique sur un profil au hasard, choisi parmi ces patronymes nouveaux pour moi. Je débarque sur la page d'une jeune femme. En guise de photo de profil, elle a placé le visage souriant d'un bébé et sa bannière de couverture montre un jeune couple enlacé, cheveux blonds rougeoyants au soleil couchant. Je reconnais tous les noms de ceux qui commentent sa vie en ligne.

Je navigue ainsi de page en page. Je croise plusieurs fois les mêmes photos de groupe, parfois sous des angles différents : des pique-niques, des soirées arrosées, des matchs de foot boueux, des enfants aux visages illuminés par les éclats de rire, des salles de concert où les mains s'agitent dans des rais de lumière. Je reconnais également des fragments de mon quartier. Ici le terre-plein du boulevard de Charonne, ici l'une des grandes pelouses du bois de Vincennes, là le kiosque gravillonné du square Sarah-Bernhardt, et là, la terrasse d'un café situé à l'angle de la rue des Vignoles et de la rue Michel-de-Bourges. J'ai l'impression de me perdre dans une gigantesque nébuleuse, mi-album de famille mi-Google Street View.

Jamais seuls

Cette fois, c'est sûr, je vais rendre un papier en retard – celui-là est consacré au suivi en quasi temps réel de la déforestation en Guyane à partir des données satellites Sentinel. Ça ne m'arrive qu'en cas de force majeure, obsédée que je suis par la crainte d'être prise la main dans le sac douillet de la procrastination. Mais je n'ai pas pu résister au besoin irrépressible d'ajouter de nouvelles pièces à mon puzzle.

J'ai visionné à nouveau le reportage de *Cinq colonnes à la une*, à la recherche de détails qui m'auraient échappé la première fois. Certains étaient là, qui m'attendaient.

Ce drôle de chef d'abord. Vincent Thibout a un physique passe-partout, taille moyenne, front dégarni, yeux petits, nez droit, lèvres minces comme rentrées dans la bouche. Ses sourires sont figés et ses regards par en dessous. Pourtant, campé dans sa canadienne à gros col de fourrure, il est clair qu'il fait la pluie et le beau temps dans le groupe. Il dit beaucoup « je ». Et quand il dit « nous », ses mots se précipitent comme s'il récitait sa leçon. S'il a le goût du pouvoir, il n'a pas, semble-t-il, une vision très claire du fonctionnement de la communauté qu'il préside. À la cinquième minute, il explique que la distribution de cigarettes est assurée par l'économat et s'excuse de l'absence de l'économiste. À l'arrière-plan, un grand échalas d'une trentaine d'années essaie d'attirer son attention. Vincent lui jette à peine un regard : « Ah si ? C'est toi qui t'occupes de ces choses-là ? » Pendant que l'escogriffe en question se tord le cou en livrant des explications bafouillantes, lui se rengorge, patelin, pas concerné pour un sou. L'économiste s'appelle Lucien, comme ce Lucien Cavagne dont j'ai découvert le visage surmonté d'une casquette sur Facebook. Ils ont d'ailleurs à peu près le même âge à soixante ans de distance. Entre eux, il y a un air de famille indéniable. Mêmes paupières lourdes, même menton fendu. Ils exercent des métiers proches. Mais, sous la surface de ces quelques similarités observables, je ne sais pas à quel point leurs existences se ressemblent, ni si le jeune Lucien d'aujourd'hui aurait pu tout larguer pour Pardailhan.

M'attendaient aussi cette femme de vingt-cinq ans environ et son compagnon dans la pièce aux allures de cellule monastique où ils vivent désormais. Il est vêtu d'une cotte de travail et se tient debout, accoudé au marbre d'une commode. Elle est assise sur le lit. Ils disent qu'ils ne regrettent pas leur ancienne vie. Ni leur logement de trois mètres sur trois, ni leur joli buffet verni avec des bougeoirs modernes. Quand le journaliste les relance, « ils étaient comment les bougeoirs ? », la jeune femme esquisse un geste las et ne trouve pas d'autres mots pour compléter la description : « C'était des bougeoirs… » Dans les instants qui suivent, elle explique que rien ne lui manque de Paris, « vous savez, enfermée toute seule, sans sorties… » La communauté lui plaît beaucoup en revanche, affirme-t-elle.

Tout son corps semble souffler le contraire : elle se tient voûtée, la tête appuyée sur une main, l'autre main paume en l'air, inerte contre sa cuisse. Quand son homme affirme qu'ici il est libre, « nous sommes libres », elle baisse les yeux. Je repense à ce qu'a dit le vieux journaliste interrogé par France Culture : des femmes en retrait, moins épanouies que les hommes.

Ces quatre adolescents installés autour d'une grande cheminée. À première vue, je leur donne de quinze à dix-huit ans. Ils sont deux à parler, les autres se contentant de ponctuer la conversation de rires nerveux. Celui qui est assis à gauche est bien plus à l'aise que ses camarades. Il explique qu'ils ne vont jamais en ville « alors qu'on pourrait, hein ». Il suffirait pour cela qu'ils demandent l'autorisation du responsable. « On a un jeu de cartes ici, dit-il en tirant sur sa cigarette. On a tous les jeux qu'on veut. Ou on discute de sport ou de ce qu'on a fait dans la journée. Ou d'un livre, par exemple, qu'on a lu dans la semaine… »

Les jeunes gens couchent à deux par lit dans un dortoir, ce qui conduit le journaliste à leur faire remarquer qu'ils ne sont « jamais seuls, finalement ». « Jamais, rétorque illico l'adolescent en riant. La solitude, j'aime pas ça. Ça donne des idées et c'est jamais bon. »

Cette salle où ils se retrouvent tous à dix heures les dimanches pour un conseil de famille hebdomadaire. Le film montre l'entrée dans la pièce, adultes et enfants mêlés. Trois hommes président la séance. À gauche, un jeune homme que le journaliste a présenté plus tôt comme Yves Thibout. À droite, Vincent le chef, qui fait mine de s'intéresser au contenu d'un dossier. Celui du milieu est le doyen de l'assemblée. La séquence sent la reconstitution à plein nez mais un détail à l'arrière-plan happe mon regard.

Les murs de la pièce sont couverts d'un plissé de plastique clair, bleu précise le journaliste. Ce détail, ce bleu layette clinquant sur la pierre sèche, m'obsède. Je lui trouve un air non seulement incongru, mais aussi insidieusement menaçant, comme un vernis joyeux plaqué sur le sordide. En revisionnant le film, je repère le même plastique aux murs de la salle de classe où les enfants ont l'air de s'ennuyer très fort. Le même encore dans la vaste pièce que les gens du kibboutz appellent la pouponnière et que j'aurais, moi, qualifiée d'entrepôt à bébés. Plusieurs couchages y sont alignés, des berceaux en bois peint et des lits en rotin dépareillés. Une femme explique doctement que les enfants y passent le plus clair de leur temps, loin de leurs parents qu'ils ne voient que le dimanche ou pendant leur tour de garde. La caméra dévisage un à un les bambins, assis ou couchés dans leur lit. Pas un sourire. Un bébé pleure en silence. Un petit garçon très blond est assis sur le pot. Il détourne le visage quand le journaliste s'approche.

J'aurais bien aimé retrouver les deux journalistes, leur demander ce dont ils se souvenaient avec le recul. Ou qu'ils m'aident à trouver des échos de ce carapaçonnage de plastique bleu sur les murs des intérieurs des héritiers de Pardailhan. Mais Jean-Claude Bringuier est décédé en 2010, et Gilbert Larriaga en 2019.

J'ai cherché d'autres archives sur l'expérience du kibboutz. J'ai pu trouver assez facilement quatre articles du *Monde* publiés entre 1960 et 1963[5] et une enquête de *La Terre retrouvée,* un mensuel du Fonds national juif français[6]. J'ai aussi déniché des publications américaines et canadiennes, ainsi qu'un second film, muet et constitué de rushes bruts tournés par Reuters en mars 1961[7]. On y reconnaît sans peine la plupart des personnages, petits et grands, à l'exception de Vincent Thibout qui semble s'être évaporé.

Mises bout à bout, ces archives racontent la fin de l'histoire : les terres ingrates du plateau n'ont rien donné, il a fallu se rabattre exclusivement sur l'artisanat, couture pour les femmes, travail du fer pour les hommes. Ça n'a pas suffi. Le 26 août 1963, un correspondant du *Monde* indique que *l'expérience de kibboutz tentée dans l'Hérault est terminée : c'est un échec*[8].

Les liens du sang

Je ne suis pas très famille. J'ai perdu ma mère à onze ans et mon père à vingt-huit. Mon cercle proche ne compte que mon frère, sa femme et ses trois fils que je vois avec plaisir mais rarement, et le clan de mon mari qui m'a adoptée comme un vilain petit canard sympathique. J'ai bien des tas de cousins, petits-cousins et arrière-petits-cousins mais je n'ai quasiment aucun contact avec eux et je dois bien avouer que cela ne me manque pas. Le fait de partager une large part de mon patrimoine génétique avec quelqu'un m'a toujours laissée de marbre. C'est peut-être parce que je ne sais pas ce qu'est la force des liens du sang que je me suis laissée happer par cette histoire. Moi, je ne crois qu'aux amitiés choisies. La sagesse populaire veut que les contraires s'attirent. Dans ce cas précis, il semble qu'elle ait eu raison.

Échauffée par des jours d'errance sur internet et dans mes prises de note, mon imagination commence à tourner à plein, faisant s'entrechoquer les austères tablées géantes de Pardailhan aux pique-niques hilares d'aujourd'hui, les idéaux communautaires de 1960 aux images de concerts enfumés, les Massey Ferguson aux matchs de foot dans la boue, les ados qui redoutaient la solitude à ceux que j'ai vus grandir sur les photos de classe, les Mat(t)hieu, Clémentine et consorts, Abel le vidéaste et sa grande tribu, le jeune Pincemin en colère. Quelles traces ce passé laisse-t-il dans leur présent ? Et comment leur histoire a-t-elle réellement commencé ?

Comme Dieu voudra

Avant de m'éloigner de Pardailhan, je voudrais avancer dans le temps de mon enquête et parler d'Abel. Pas le copain du fils de ma copine Anna, mais Abel Henri Thibout, 1892-1983. C'est dans un vieux numéro de *Lecture pour tous*[9] que je ferai sa connaissance. Le journaliste Jean Egen le présente comme le doyen de la communauté agricole. À près de soixante-dix ans, Abel a joué un rôle clé dans l'aventure. Oncle par alliance de Vincent Thibout, c'est lui qui, après avoir écouté les récits du neveu fraîchement revenu de son séjour dans un kibboutz israélien, convainc plusieurs familles parisiennes de le suivre pour reproduire le modèle dans la campagne française. C'est lui aussi qui envoie quelque deux mille lettres pour trouver une terre d'accueil aux exilés volontaires. Quand le projet se concrétise, il fait partie de ceux qui contribuent à son financement. Il vend un immeuble à Noisy-le-Grand, pour la somme de 34 704 francs. Il possède des connaissances en maraîchage que n'ont pas ses compagnons, ce qui lui vaut le titre de « potagiste ».

Je suis presque sûre de l'avoir vu, Abel, dans le film de l'INA. Je pense que c'est cet homme âgé que l'on aperçoit à côté de Vincent Thibout dans la séquence consacrée aux conseils de famille hebdomadaires. On le voit également dans le film de l'agence Reuters au détour d'une scène tournée dans ce qui semble être le bureau de direction de la communauté, ceint de la même tenture en plastique que la salle de réunion et la nursery. Vêtu d'un sobre gilet de laine passé sur une chemise, les cheveux sombres encore, sagement disciplinés par une raie sur le côté, les yeux agrandis par une grosse paire de lunettes, il est en train d'annoter des documents. Placée au centre de la pièce, la table qu'il occupe est encombrée de papiers. Il a l'air concentré et très calme, beaucoup plus en tout cas que Lucien, le grand échalas en charge de l'économat qui tape à la machine sur un bureau trop petit pour lui en se dandinant clope au bec. Mais ces instants en noir et blanc ne disent rien de l'homme que fut Abel Henri Thibout.

Je n'aurais sans doute jamais cherché à en savoir plus si, le 15 mars 2020 – soit huit mois presque jour pour jour après avoir commencé à m'intéresser à ces visages sur les photos de classe de mes enfants –, je n'avais pas profité de ce que je pressentais être l'une de mes dernières sorties avant longtemps pour explorer une nouvelle fois les collections du Mémorial de la Shoah. J'aime cet endroit comme peu d'autres dans Paris, non pour la tristesse et la colère qu'il suscite chez ses visiteurs mais pour toutes les vies dont ses murs bruissent, celles qui ont été abattues comme celles qui furent sauvées. À quelques bienveillances du destin près, les yeux bruns de ma mère auraient pu scruter le silence dans l'une des salles du Mémorial.

Il pleuvait à seaux quand je suis sortie, mais je voulais faire durer cette sensation de pouvoir arpenter la ville. Alors j'ai pris tout mon temps pour parcourir le mur des Justes qui longe le Mémorial. C'est là que j'ai croisé le nom d'Abel Henri Thibout, gravé dans la céramique en compagnie de celui de sa belle-sœur et de sa nièce. Le site du comité français de l'Institut Yad Vashem m'a éclairée sur les raisons de leur présence en ce lieu.

Au printemps 1942, Abel recueille chez lui Szmul et Bajla Mandelstam ainsi que leur deux fils, Loulou, trois ans, et Jojo, deux ans. Il organise peu après la mise à l'abri des petits en les faisant passer pour ses neveux le temps de les conduire en zone libre, puis celle de leur mère qui franchit la ligne de démarcation en bleu de travail, dans la cabine de chauffe d'une locomotive. Szmul, quant à lui, reste caché chez la belle-sœur d'Abel, protégé par sa nièce de treize ans qui observe les mouvements des policiers depuis son poste de guet improvisé au métro Philippe Auguste. J'aurais voulu entendre ce qu'ils se disent Abel et Szmul le soir venu, quand la nuit assourdit les menaces de la ville. S'ils se parlent de Dieu et de la Terre promise, de cette étoile à six branches que Szmul a dû coudre sur sa veste et qu'Abel portera un jour sur le bras comme un étendard.

Toute la famille a survécu à la guerre. Loulou et Jojo sont par la suite revenus à Paris. Aujourd'hui, à plus de quatre-vingts ans, ils poursuivent tous deux leurs activités professionnelles. L'aîné est psychiatre et le cadet médecin généraliste. Je n'ai pas osé prendre contact avec eux mais j'aurais aimé leur demander quels souvenirs ils gardaient d'Abel Henri Thibout et de sa famille, de leur courage. Certes, ils n'avaient que deux et trois ans en 1942, mais peut-être est-ce l'âge où l'on sait lire sans mots le secret des âmes ? Il se pourrait qu'ils aient vu, vingt ans à l'avance, ce qui conduirait Abel à croire que l'on pouvait faire pousser des patates dans les cailloux du plateau de Pardailhan. Perçu la foi immense de celui qui, quand on l'interrogea sur l'avenir du kibboutz, répondit : « Il en sera comme Dieu voudra. »

Colombe

Je t'ai cherchée sur Instagram, parce que Facebook, c'est pour les vieux. Un matin, je regardais Carmen en train de prendre son petit déjeuner, immergée dans son téléphone. Il ne se passait rien, juste une toute jeune fille de dix-sept ans qui sort à peine du sommeil et s'offre encore un peu de moelleux avant d'aller affronter le dehors. Le moelleux, c'est sur l'écran de son portable qu'elle le cherche, ma fille. C'est là que se concentre une large part du monde qui l'intéresse : ses amis, ses sources d'information, ses jeux, ses espaces de découverte et de créativité, ses références culturelles. C'est en la voyant scroller d'un pouce paresseux que j'ai entrevu un poste d'observation à ma mesure. Dans la vraie vie, je me vois mal aller sonner à la porte d'un Pincemin ou d'un Cavagne – « Bonjour, je suis une voisine. Dans le quartier, tout le monde vous connaît et on vous trouve vraiment bizarres. Je peux vous poser quelques questions ? » Les réseaux sociaux me sont apparus comme des fenêtres entrouvertes sur le quotidien et les aspirations de ces innombrables cousins, une possibilité d'approcher à ma manière les codes qui régissent leur groupe. Alors j'ai cherché quelqu'un auquel je puisse attacher mes pas virtuels pour qu'il m'aide à ouvrir plus grand les portes de l'univers que je devine là, tout autour de moi.

Sur Insta, j'ai vite trouvé Matthieu Pincemin, l'ancien copain de collège de Carmen, aisément reconnaissable à sa tignasse blonde. Il est devenu plutôt beau gosse, ce qui lui vaut des palanquées de commentaires moqueurs de filles. Rien d'étonnant à ce que son cercle d'abonnés soit si large. J'y trouve bon nombre des huit noms dont je sais désormais la litanie par cœur, et d'autres aussi qui n'ont aucun rapport. Dont celui de ma fille, d'ailleurs. Ces jeunes n'évoluent pas dans un univers totalement clos, donc.

Je clique sur le premier Cavagne qui se présente. Une ado, quatorze ou quinze ans. Trop jeune. Deuxième tentative. Garçon Delahaye un peu plus vieux, mais seulement quelques photos, très espacées dans le temps.

Le troisième essai sera le bon. J'atterris sur la page d'une fille Dréau. Son pseudo se termine par 02 ; elle a l'âge de Carmen. Et elle poste très fréquemment. Ces deux critères me suffisent. En remontant quelques publications, je trouve facilement son prénom. Hello Colombe.

Dans la nébuleuse

Ton post d'hier sera mon point de départ. Tu as pris en photo un miroir qui doit se trouver dans les toilettes d'un lieu public au vu du carrelage blanc qui l'encadre. L'image d'un groupe de cinq filles s'y reflète, à peine brouillée par quelques projections d'eau. Vous êtes toutes très souriantes. Au premier plan, une grande brune enroule ses bras autour des épaules d'une métisse aux cheveux nuage. Au second rang, un autre duo, une blonde à cheveux longs blottie contre une immense Asiatique à demi dissimulée par une grande coque en forme de Totoro. Elle aussi immortalise la scène comme en témoigne l'étoile de flash qui te frôle le haut du crâne. Toi Colombe, tu es à droite, légèrement en retrait. Tu tiens ton smartphone à distance, ce qui me permet de voir ton visage presque en entier. Tu n'as pas l'air très grande, je dirais un mètre soixante-cinq. Tes cheveux sont châtain foncé, ou bruns, c'est difficile à dire dans ces conditions d'éclairage. En tout cas, ils ont l'air d'une belle nature souple et tu les portes assez longs, jusqu'à la clavicule. Ton visage est rond, pas encore asséché par la fin de l'enfance. Je ne peux pas deviner ta corpulence, dissimulée par une grosse doudoune sombre à capuche en fourrure. Tu as ajouté un cœur rouge à ton post et le nom de ton lycée, un grand établissement du quartier.

Que me dit-elle cette image ? Pas grand-chose, si ce n'est que tu as suffisamment apprécié cet instant passé avec tes copines dans les toilettes du lycée pour le communiquer à tout ton réseau. On ne peut pas dire que ça passionne les foules : 10 j'aime. Un seul commentaire, *Wsh Line est trop grande*. Avec ta réponse, *J'ai l'air d'une naine à côté.*

II

Un tour chez les convulsionnaires

C'était joli dans la bouche du vieux monsieur de Pardailhan, les Flagellants de Saint-Médard. C'était joli, mais ça n'existe pas.

Un jour de la fin du mois d'octobre, j'ai rendez-vous pour une interview chez un architecte de la rue Mouffetard. Pour ne pas déranger son équipe, on s'est installés dans un café à proximité. C'est en réglant l'addition que je me suis rendu compte que le café s'appelait Le Saint-Médard. Tiens, comme mes Flagellants, me suis-je dit. Une fois dehors, j'ai compris qu'il avait été baptisé ainsi en l'honneur de l'église voisine. J'avais un peu de temps devant moi, j'ai décidé d'aller l'observer de plus près, même si je ne voyais pas quel pouvait être le rapport entre ce grand bâtiment aux flancs lourds et une secte de furieux du XIVe siècle.

La porte était fermée. En désespoir de cause, je me suis rabattue sur le square qui borde l'une de ses façades. C'est là, à l'entrée, que je suis tombée nez à nez avec un grand panneau sous verre de la Ville de Paris, oublié là depuis les années 1970 à en juger par le design daté et la rouille grignotante. C'est tout à fait mon truc, ce type de panneaux à vocation historico-touristique. Dès que j'en croise un, je le lis d'un bout à l'autre, espérant toujours y dégotter une nouvelle variété de grain à moudre. Celui-ci commence classiquement par *les marronniers, tilleuls et sycomores qui ombragent le jardin depuis plus d'un siècle*. Et puis, juste en dessous, boum.

Le temps des miracles

Né en 1690, fils d'un conseiller au Parlement, François de Pâris s'était retiré dans une maison du faubourg Saint-Marcel pour y mener une vie d'austérité consacrée aux pauvres du quartier. Lorsqu'il mourut d'épuisement, le 1er mai 1727, l'événement fit grand bruit. Les jansénistes, dont il avait partagé les opinions et qui, à cette époque, souffraient de l'application de la bulle « Unigenitus » profitèrent de cette disparition pour venir manifester sur sa tombe. L'affluence dura cinq années au cours desquelles on ne parlait que de guérisons miraculeuses opérées sur le tombeau du diacre. Des scènes d'hystérie collective et de convulsions, fréquentes et contagieuses, touchèrent hommes et femmes. Les convulsionnaires s'organisèrent avec des chefs, des règlements, et se divisèrent en plusieurs sectes. Tant et si bien que le cimetière fut fermé par ordonnance royale du 27 janvier 1732 et l'archevêque de Paris interdit le culte du diacre

Pâris. Ainsi, sur la porte du cimetière, un facétieux put clouer ce distique :

« De par le roi, deffence à Dieu
De faire miracle en ce lieu. »

Malgré l'arrestation de convulsionnaires, le mouvement avait pris une telle ampleur que leurs associations subsistèrent longtemps dans différents quartiers.

Tout s'éclaire. Saint-Médard, oui. Mais pas des Flagellants, comme l'a dit le vieux monsieur interrogé par les journalistes de France Culture. Les « fadas de Paris » venus gratter les cailloux de Pardailhan doivent plutôt descendre de ces convulsionnaires. Dans mon carnet de notes qui me suit partout, je retrouve l'indice que j'avais laissé échapper, trop attirée par l'exotisme des *flagellants qui flagellaient.* Il était là, dans la bouche de la journaliste de France culture, *liés entre eux par une religion sans église, proche du jansénisme.*

Je suis seule dans le square. Le temps de reprendre mes esprits, je l'arpente à pas lents, cherchant du regard un signe du passé. Plus rien ici ne convulse. Les pierres de l'église sont muettes. Les bancs vides attendent d'autres spectacles que des fidèles en transe.

Les marronniers, tilleuls et sycomores qui ombragent le jardin depuis plus d'un siècle me regardent baguenauder avec mansuétude. Au moment de partir, je repère dans une petite rigole un minuscule fossile d'oursin plat. Je le mets illico dans ma poche. Gamine, je collectionnais ses semblables, que je traquais pendant des heures dans les faluns de Touraine du bac à sable. Je les appelais les pièces à fleur. C'était ma variété préférée, avec les minuscules prairies que je désespérais de trouver complètes. En rentrant, je le scotcherai dans mon *leporello* noir. On a les pierres de Rosette qu'on peut.

Les Amis de l'Œuvre

N'ayant aucune aspiration spirituelle et pas de notions solides en histoire des religions, j'aurais aimé trouver quelque part un *Jansénisme pour les nuls*, mais manifestement personne n'a voulu mener à bien ce beau projet. Alors c'est en croisant les informations glanées ici et là que je me lance dans une tentative d'épuisement de mes connaissances sur le sujet :

– Le jansénisme est un courant religieux qui s'est développé au XVIIe dans le sillage des écrits de saint Augustin sur la Grâce.

– Il doit son nom à un évêque, Cornelius Jansen. Celui-ci a développé les réflexions de saint Augustin pour en arriver à la conclusion que la grâce de Dieu, indispensable au salut de l'âme humaine, est accordée ou refusée à l'avance. Les actions des individus, qu'elles soient bonnes ou mauvaises, ne peuvent pas influer sur la décision divine. Donc, si Dieu ne vous a pas accordé la grâce, votre âme aura beau être jolie comme un cœur vous irez au mieux au purgatoire.

– Ceux qui seront sauvés ne constituent qu'un tout petit groupe d'élus.

– Vous faites partie de l'élite ? Ne vous réjouissez pas trop vite : Dieu peut à tout moment vous retirer sa Grâce. Vous avez donc intérêt à vivre dans la crainte et à mener une vie exemplaire en tous points.

– Pour la papauté et ses affidés jésuites, le point de vue exposé à l'alinéa précédent évoque un peu trop les thèses calvinistes. Il est balayé par Rome avec de beaux effets de manche. Le fait que les émules de Jansen aient ouvert de nombreuses écoles susceptibles de grignoter des parts de marché aux collèges jésuites n'embellit pas le climat qui règne entre les deux partis.

– À la fin du XVIIe siècle, cette querelle prend une dimension politique quand Louis XIV entre dans l'arène aux côtés des premiers, tandis que les officiers des parlements adhèrent en nombre aux idées des seconds.

– En 1709, Louis XIV fait expulser les religieuses de l'abbaye Port-Royal des Champs, considérée comme le vaisseau amiral du jansénisme en France.

– Quatre ans plus tard, le Pape enfonce le clou à travers la bulle Unigenitus qui s'attaque plus particulièrement aux écrits qualifiés d'hérétiques d'un sage janséniste nommé Quesnel.

– La pilule ne passe pas. En 1717, plusieurs évêques français et, à leur suite, de nombreux prêtres et théologiens font appel de cette condamnation. Ils sont prestement excommuniés par une nouvelle bulle papale.

– Devant ce qui est considéré comme une persécution, une grande partie du peuple français prend fait et cause pour le jansénisme. La ferveur est particulièrement importante dans les milieux populaires où l'on connaît le dévouement des prêtres condamnés envers les pauvres. Dans le sillage des manifestations de Saint-Médard, les miracles, convulsions et prophéties millénaristes se multiplient dans de nombreuses régions de France, encourageant la formation de groupes d'adeptes connus sous les noms génériques d'Amis de l'Œuvre ou d'Amis de la Vérité. S'y croisent des gens issus de tous les milieux, de la noblesse de robe au menu peuple, sans oublier un grand nombre de prêtres plus ou moins défroqués.

– À la fin du XVIIIe siècle, l'Œuvre se déchire entre des factions conservatrices et royalistes et des clans libéraux tentés par les idéaux révolutionnaires.

– Le jansénisme perd progressivement de sa vigueur au cours du XIXe siècle. Pour finir dans l'oubli à peu près total, si l'on en juge par l'entrée que Flaubert lui consacre dans son *Dictionnaire des idées reçues*[10]. *Jansénisme : on ne sait pas ce que c'est, mais c'est très chic d'en parler.*

Joueuses

Cette semaine, c'est les vacances de la Toussaint et on dirait que tu en profites pleinement. Sur la première photo postée, tu es accroupie, les mains fichées à terre comme un sprinter qui s'apprête à jaillir des starting-blocks. Tu es saisie en plein fou rire, les pommettes gonflées de joie et les cheveux en bataille. La raison de cette hilarité n'est pas bien difficile à deviner. Agenouillée derrière toi, une autre jeune fille tente de déstabiliser ton équilibre précaire en te poussant les fesses des deux mains et de toutes ses forces. Dans une seconde, tu seras tombée, Colombe. Ton amie aussi sans doute.

Les deux autres filles présentes sur la photo se tiennent à bonne distance de l'échauffourée. Elles sont très occupées à prendre des poses glamour dans leurs survêts Umbro assortis, juchées sur une table de ping-pong maçonnée. C'est celle de gauche qui immortalise l'instant, en photographiant un miroir, comme tu l'as fait dans les toilettes de ton lycée. Mais cette fois-ci, le recul est plus important, ce qui me permet d'avoir une vue assez large de la pièce où vous vous trouvez : les murs sont en pierres grossièrement jointoyées et le plafond est une forêt de fermettes. Une grange restaurée ? Au fond se trouve une grande baie vitrée aux montants d'un vert sapin luisant sous l'éclairage. L'un des ventaux est ouvert sur la nuit. Sur la droite, un poteau carré de bois roux et, appuyés contre lui, deux fauteuils de jardin en plastique. Au bord de l'image, on distingue le haut du dossier d'un troisième siège placé dans la même direction, ce qui semble indiquer que la salle est bien plus vaste que ce qu'en montre le cadrage.

Plusieurs commentaires à visée humoristique sur ta presque chute. Et une remarque dont je ne comprends pas la teneur : *C'est con à dire mais les Cosseux me manquent.* Ta réponse : *Toi aussi tu nous manques, chou. Les Cosseux sans toi c'est pas pareil.*

Colombe, c'est quoi les Cosseux ? Le mot est inconnu de Google. Moi, ça me fait penser à des haricots qu'on écosse, ou au nom d'un lieu-dit isolé dans une région maraîchère.

La Famille

Notre café est fermé, pour cause de panne de réveil du serveur. Personne aux alentours, je suppose que les filles ont dû renoncer. Sur le chemin du retour, je croise Anna qui part au travail. Je lui sors mes yeux de cocker et ça marche. Elle n'a pas beaucoup de temps mais un petit noir bonus sera le bienvenu. J'ai envie d'un peu de calme, alors on se pose dans le bar de l'hôtel deux étoiles situé juste en bas de chez moi. Une merveille de rade, avec patron bourru, pépés maghrébins à dominos et jeunes ouvriers du BTP qui viennent s'en jeter un vite fait avant l'embauche. Ça sent le désinfectant au pamplemousse mêlé au café Richard. La décoration se limite à un quatuor de plantes vertes gigantesques amoureusement entretenues et à un accrochage de cartes postales envoyées par les clients.

En tête à tête, je suis beaucoup plus loquace qu'en groupe. J'engage l'échange.

« Au fait, tu te souviens de notre conversation sur le copain de Joshua et les flopées de Cavagne ? »

Je déroule illico mes nouvelles connaissances sur Pardailhan, le jansénisme et les convulsionnaires.

« Oublie les Jéhovah, je crois que c'est de là qu'ils viennent, les cousins du quartier. »

Mon amie est tout aussi curieuse que moi, avec un penchant manifeste pour les histoires bizarres. Elle m'écoute attentivement, les yeux de plus en plus ronds.

« Mais alors, tu crois qu'ils vivent comme dans un kibboutz ? Et qu'ils sont vraiment convulsionnaires ? »

Je lui dépeins ce que j'ai observé sur les réseaux, les rires et les grands pique-niques, les cadavres de bouteilles à la fin des repas, les copines de Colombe qui tapent la pose sur une table de ping-pong, les jeunes femmes à *duck faces* et les jeunes hommes torses nus.

« Je n'ai pas l'impression qu'ils passent leur temps à se battre la coulpe ou à invoquer la clémence de Dieu. Ils ont l'air sacrément plus détendus que leurs aînés de Pardailhan. »

Anna est contente, un long trajet en train l'attend ; largement le temps d'écouter le podcast de France Culture.

Je suis rentrée chez moi. J'ai travaillé toute la matinée sur un papier au long cours à propos de marins qui réparent les câbles de télécommunication transatlantiques. Un sujet comme je les aime, où il faut manier des informations techniques percluses d'acronymes et d'unités de mesures absconses tout en racontant le quotidien le plus trivial.

Je n'ai pas eu le temps de finir. Un SMS d'Anna m'interrompt en pleine phrase.

J'ai écouté FranceQ. C'est horrible cette histoire !

Moi : *Horrible ?*

Pas de réponse, je relance.

Un peu mystérieux mais quand même rigolo. J'aime bien cette idée que des gens aient essayé d'aller au bout d'une utopie. C'était courageux...

Anna : *Mais là tu parles du premier reportage ! Il y en a un autre ! Tu l'as pas écouté ? Toi qui parlais de détente, tu vas être servie.*

C'est tout moi, ça. À force de me plonger dans les détails, je ne vois pas l'éléphant au milieu de la pièce. Mademoiselle Privat, votre démonstration est parfaite, un régal de précision. Sauf que vous avez fait l'exercice de la page 112 au lieu de celui de la page 113. Vous pourriez faire attention la prochaine fois ?

Anna a raison, naturellement. Si j'avais daigné parcourir la page du site de France Culture en entier au lieu de chercher à compter les pierres sur de vieilles photos pixellisées, j'aurais immanquablement remarqué que l'émission écoutée est en fait la deuxième d'une série de quatre sur « les dissidences chrétiennes ». Et que le troisième épisode s'intitule « Du mystérieux kibboutz de Pardailhan à la communauté parisienne ». Il a été diffusé pour la première fois le 19 avril 2017 et s'intéresse à l'avant, mais surtout à l'après-kibboutz[11].

La première partie confirme ce que j'ai appris dans le square Saint-Médard : les gens du kibboutz sont bel et bien les héritiers des jansénistes qui se tordaient sur la tombe du diacre Pâris. Un historien, Jean-Pierre Chantin, établit sans l'ombre d'un doute le lien entre Pardailhan et un noyau de convulsionnaires fédérés à la fin du XVIIIe siècle près de Lyon par un duo de prêtres pour le moins détonnant : les frères Bonjour. Je griffonne le nom à toute vitesse et l'encadre en me promettant d'y revenir, même si c'est un nom qu'on n'oublie pas facilement.

La journaliste ouvre ensuite le micro à plusieurs témoins : deux femmes d'une soixantaine d'années et deux hommes plus jeunes. L'une des femmes est la fille de Vincent Thibout, qu'elle n'a jamais connu, ayant été élevée par sa mère. L'autre est sa cousine germaine. Elles semblent toutes deux avoir vécu la vie qu'elles voulaient. Leurs voix sont graves, calmes, leurs mots choisis. J'ai du mal à savoir qui parle tant leurs intonations se superposent, comme si leur lien de parenté se nouait là, dans le creux de leur gorge. Ça me trouble d'autant plus qu'elles révèlent qu'elles ignoraient tout l'une de l'autre jusqu'à ce que le reportage sur Pardailhan les amène à s'intéresser à leur histoire commune.

L'un des deux hommes s'appelle Damien Pincemin. L'autre n'est désigné que par son prénom, Florent. Ils sont nés bien après qu'une large partie des gens du kibboutz sont revenus à Paris. Aujourd'hui, ces deux-là vivent loin des leurs, et l'on comprend très vite qu'ils ont plus ou moins coupé les ponts. Le timbre de Damien est profond. Son débit un peu hâtif, mais il semble avoir trouvé la paix. Florent paraît moins serein. On entend presque son cœur battre dans sa voix. Sa manière de parler est particulière, avec un fort accent parigot archaïque et un vocabulaire précis, finement organisé dans des phrases véhémentes.

À eux quatre, ils dressent un portrait cru de l'univers dont ils sont issus. Leurs mots, que j'égrène sur mes post-it au fil de l'écoute, sont à mille lieues des images qui défilent sur Facebook et Instagram.

Je note – *austère*, – *douleur*, – *enfermement*. Je note – *Dieu fait peur*, – *prières*, – *prophète*. – *Cousines*, – *généalogie*, – *bannis*, – *silence*.

Sur mes écrans, je vois des gens faire la fête, passer du bon temps en famille et se détendre en vacances. Eux parlent de règles drastiques qui encadrent chaque étape de la vie, d'enfances contraintes par un secret inviolable, d'exil éternel pour ceux qui ne voudraient ou ne pourraient se plier aux lois de la communauté. Où est la vérité ? Y en a-t-il une seulement ?

Ils parlent d'endogamie extrême dans un cercle de quelques familles, citent des noms que je connais maintenant par cœur : Thibout, Pincemin, Cavagne, Dréau, Dupray…

Ils parlent d'un Dieu impitoyable, qui peut frapper cruellement les moins méritants.

Ils parlent de traditions séculaires qui perdurent, de cheveux que les filles et les femmes ne doivent pas couper.

Ils parlent d'enfants dont les joues rouges sont comme le sceau d'une union entre trop proches.

Ils parlent de violences.

Ils parlent de deux mondes qui ne s'interpénètrent pas. Un monde du dehors, qu'ils appellent le Monde, ou la Gentilité, et leur monde à eux, qu'ils nomment la Famille.

Bonjour Lili

Claude et François Bonjour sont nés au milieu du XVIIIe siècle. Tous deux ont entendu l'appel de Dieu et embrassé la prêtrise. Inséparables, ils se succèdent à la chaire de l'église de Fareins, un village des Dombes à une quarantaine de kilomètres au nord de Lyon. Les frères sont d'obédience janséniste version exaltée, et sensibles aux charmes des convulsions. François, le cadet, fait preuve d'une ferveur des plus communicatives. À grands coups de prêches enfiévrés, il entraîne une partie de ses paroissiens – et surtout de ses paroissiennes – dans une hystérie collective qui donne lieu à quelques miracles rutilants fortement teintés d'érotisme.

Les plus remarquables, d'après ce que j'ai pu trouver dans une thèse d'histoire consacrée au sujet[12], sont la crucifixion d'Étiennette Thomasson, le vendredi 10 octobre 1787 à quinze heures, en présence d'une assemblée de douze personnes réunies dans l'église de Fareins, et les supplices auto-infligés de Gothon Bernard, vingt ans.

François Bonjour relate ces derniers avec force détails dans une lettre de juin 1788 adressée au frère de la jeune femme dans l'espoir que le sacrifice de sa sœur le guide vers Dieu : *Elle a déjà eu les pieds percés pour vous mercredi dernier, et elle va commencer pour vous une nouvelle pénitence qui consiste à boire pendant neuf jours du fiel à son déjeuner et à se faire percer tous les jours plusieurs fois la langue pour expier les mauvais usages que vous avez fait de la vôtre.*

La veille de Noël, Gothon se lance dans un pèlerinage la menant de Paris à l'abbaye de Port-Royal. Les pieds nus, à nouveau fraîchement percés, sur un sol gelé. Elle meurt une semaine plus tard.

Tout le monde ne partage pas l'enthousiasme des ouailles des Bonjour. La hiérarchie du clergé voit même d'un assez mauvais œil ces manifestations de piété tapageuses. Les deux frères sont destitués, arrêtés, emprisonnés pendant plusieurs mois, s'échappent. Après quelques années d'itinérance, ils s'installent à Paris en 1791 où ils s'entourent vite d'un groupe de zélateurs que les observateurs du temps surnomment les bonjouristes. Il y a là des gens de tous horizons – gens de robe, commerçants aisés, industriels, artisans et pauvres hères – qui semblent partager espoirs millénaristes et convictions révolutionnaires.

En 1792, François Bonjour devient père par deux fois. Fin janvier, c'est d'abord sa servante qui lui donne un garçon. À la mi-août, sa compagne officielle accouche à son tour d'un fils, qu'il prénomme Israël Élie. Tout le monde préférera l'appeler Lili.

Israël Élie n'est pas n'importe quel bébé. Son père – qui n'est alors plus prêtre mais prote chez un imprimeur – révèle à ses fidèles qu'il est à la fois une incarnation du Messie, de l'Esprit saint et surtout du prophète Élie en personne, celui qui doit revenir « avant que n'arrive le jour de l'Éternel, ce jour grand et redoutable[13] ». Ce choix n'a rien d'anodin : la figure d'Élie occupe une place centrale dans le panthéon apocalyptique des Amis de la Vérité. Il est l'annonciateur du retour du Christ qui partagera son règne sur Terre avec les juifs (qui se seront entre-temps convertis à la vraie foi) et une poignée d'élus (les convulsionnaires eux-mêmes) pendant que les Gentils (les païens, les autres, nous quoi) souffriront de la damnation éternelle.

La proximité sacrée avec le peuple hébreu amène les bonjouristes à s'intéresser de très près au judaïsme et aux arcanes de l'Ancien Testament, au point de se choisir des prénoms d'emprunt hébraïques pour leurs réunions secrètes (Isaac, Gad, Esther, Aaron, Moïse, Rebecca...). Les étoiles de David de Pardailhan sont peut-être une rémanence de cette fascination et quelques prénoms perdurent.

C'est donc avec un sacré pedigree que le petit Lili grandit au milieu des bonjouristes. Très tôt, il est lui-même l'auteur de miracles et de scènes de piété édifiantes qui confortent la foi de son entourage. Lili caresse longuement ses amis filles et garçons. Lili s'isole avec eux pour leur *malaxer le ventre.* Lili aime aussi les *bastonner à coups de canne*. L'enfant fait l'objet d'une dévotion intense, et son prestige rejaillit sur son entourage : son père et ses femmes, son oncle et tous ses frères et sœurs sont désormais connus sous l'épithète de Sainte Famille.

Un autre personnage clé du groupe de fidèles constitué autour des frères Bonjour et de Lili est la Sœur Élisée, la prophétesse attitrée des bonjouristes. Son rôle est de transmettre visions et paroles divines lors de soirées privées organisées dans les maisons des membres de la communauté. Sœur Élisée est une pythie particulièrement prodigue : les harangues qu'elle livre de 1799 à 1805 couvrent dix-huit mille pages manuscrites où se croisent, tissés dans une langue échevelée, tous les thèmes favoris des convulsionnaires – l'Apocalypse, la conversion des juifs, les méchancetés des Gentils, les malheurs du temps. S'adressant aux bonjouristes en 1799, elle prophétise : *Vous aurez l'apparence de tous les vices* [...] *avec cette nudité apparente dont vous serez couverts, méprisés de tous, bafoués par tous, rejetés de tous, vous serez légers, vous serez contents* [...] *; vous vous embarrasserez peu du discours des hommes ; vous serez considérés comme des fous, et regardés comme tels, mais au milieu de cette folie apparente, cette sagesse* [...], *qui paraîtra véritablement aux yeux des hommes insensée et folie, deviendra pour vous tous le sujet de votre bonheur et ma jouissance et ma gloire pendant toute l'éternité.*

Elle a vu juste, Sœur Élisée : la sagesse des bonjouristes est bientôt jugée insensée. Le 20 janvier 1805, des agents de la préfecture de police investissent une maison sise au 15, rue de la Campagne, dans le faubourg Saint-Marceau, non loin de l'église Saint-Médard. Ils arrêtent seize membres de la communauté. Parmi eux figurent les deux frères Bonjour, Élie et son demi-frère, âgés de douze ans, ainsi que d'autres membres de leur parentèle. Le rapport de police mentionne également un marchand de bas, un commis aux écritures, un fabricant d'étoffe et un gommeur de taffetas de quarante-deux ans nommé Jean Thibout.

Sujétion

J'ai eu beau fouiller le net, je n'ai rien trouvé sur les témoins de *La Fabrique de l'histoire*, épisode trois. Ce sont surtout les deux hommes qui m'intéressent, parce qu'ils ont grandi dans la Famille, contrairement aux deux femmes qui semblent avoir vécu plus librement. J'ai bien trouvé des pages Viadeo et LinkedIn au nom de Damien Pincemin, mais il y a plusieurs homonymes et je n'ai rien vu de saillant. Quant à Florent, ce n'est même pas la peine d'essayer. Si la journaliste a choisi de ne pas divulguer son nom, il est probable que son prénom ait été modifié. C'est dommage, j'aurais aimé entendre plus longtemps ce que sa voix aux abois avait à dire.

Histoire de ne pas rester sur une frustration, je me lance sur une autre piste : quelqu'un a-t-il parlé de ces reportages ? Rien sur la page de France Culture, où les commentaires sont supprimés. Mais merci Google : au milieu de quelques textes boiteux de blogueurs paraphrasant le contenu des émissions, je tombe sur un court article plutôt bien troussé, écrit par un retraité qui habite près de Pardailhan et se passionne pour l'histoire locale[14]. Son post sur le kibboutz fait l'objet de deux commentaires qui suffisent à me faire dégainer immédiatement mon tout nouveau carnet de notes, le deuxième que je consacre à cette enquête.

Un internaute s'insurge de voir l'expérience qualifiée d'échec. *L'œuvre de Vincent Thibout se poursuit ailleurs et se porte très bien, merci pour elle.* Un certain Antoine lui répond. Il tient une ligne similaire à celle des témoins interviewés par France Culture, évoque sans ambages la Famille qu'il qualifie de *secte qui prive les enfants de tout libre arbitre.* Et d'ailleurs, si ça intéresse des journalistes d'investigation, il est prêt à révéler les secrets du groupe. Il conseille ensuite à qui veut l'entendre d'aller consulter des sites de généalogie. *C'est très parlant*, avertit-il en guise de conclusion, avant de donner une adresse mail.

En dépit de leur vision diamétralement opposée, les deux intervenants ont un point commun : ils s'appellent Dréau. C'est aussi ton nom, Colombe.

Mais qu'est-ce qu'une secte ? Je suis surprise d'apprendre qu'il n'y a pas de définition officielle, tout du moins en France où le législateur a toujours fait primer le respect des croyances et de la liberté de conscience. Le site de la Mission interministérielle de vigilance et de lutte contre les dérives sectaires (Miviludes) explique pour sa part que notre système juridique s'intéresse *aux pratiques, aux méthodes, aux actes et aux comportements émanant de tout groupe ou tout individu, quelle que soit sa nature ou son activité, qui portent atteinte à l'ordre public, aux lois et aux règlements, aux libertés fondamentales et à la sécurité ou à l'intégrité des personnes par la mise en œuvre de techniques de sujétion, de pressions ou de menaces, ou par des pratiques favorisant l'emprise mentale et privant les personnes d'une partie de leur libre arbitre*[15]. Je lirai plus tard une note d'information de cette même Miviludes au sujet de la Famille. Daté de 2017, ce texte reconnaît que *l'isolement de la communauté vis-à-vis du monde extérieur constitue une menace d'un point de vue psychologique mais également social pour l'avenir des enfants*[16]. Dénuée du pouvoir d'investigation, la Miviludes n'est pas allée plus loin que cette note.

Ça me fait quelque chose, Colombe, de voir ton patronyme associé aux concepts de sujétion, de pressions et d'emprise mentale. Je ne te connais pas, mais l'idée que tu puisses être gouvernée par un destin qu'on aurait tracé à ta place me fait peine.

Je fouille encore un peu à la recherche des deux Dréau. Je ne vais pas très loin, me heurtant à plusieurs homonymies. Je note le mail du dénommé Antoine, même si je n'ai pas l'intention de lui écrire. Que pourrais-je bien lui dire ?

Dans la forêt

Tout de même, j'ai suivi son conseil et j'ai été dériver du côté de la généalogie. Depuis que j'ai passé un été à aider mes belles-sœurs à retrouver la trace de leurs ancêtres, je suis abonnée à Geneanet, un site spécialisé dans les archives familiales. J'y ai facilement retrouvé le mariage entre Pincemin et Thibout que j'avais repéré lors de mes toutes premières recherches. Puis j'ai regardé autour, dans les branches ascendantes et descendantes. S'il ne s'était pas agi de personnes mortes depuis plus de cent ans, j'aurais pu me croire sur mes réseaux sociaux favoris. Ce même tourbillon de noms et de prénoms qui se répètent inlassablement. En remontant de proche en proche, je finis par trouver ce qui semble être la souche de l'arbre : l'union entre la famille Thibout et la famille Brin.

J'ai beau cliquer et recliquer, l'arbre généalogique sur lequel je viens d'atterrir semble être sans limites. Et pour cause, il comporte 4 598 noms, 4 598 vies comme autant de feuilles sur des dizaines de branches entremêlées.

Ça m'impressionne, cette somme. Pour avoir déjà passé de longues heures dans les salles des Archives nationales, je conçois très bien le travail que cela implique. Je sens encore l'odeur douceâtre des microfilms chauffés sous la lampe des agrandisseurs. Je me souviens de la concentration qu'il faut maintenir sans cesse si on ne veut pas perdre un temps inconsidéré. Trouver la table décennale. Repérer les différentes occurrences du nom recherché, les noter sans erreur. Accéder au bon registre. Faire défiler les pages en essayant d'aller le plus vite possible sans rater l'entrée qu'on cherche. Ce sursaut de joie quand le patronyme tant souhaité apparaît. Zoomer dézoomer pour essayer de déchiffrer la graphie ancienne. Ici un *t* ou un *h* ? Et ce *f*, là, est-ce vraiment un *f* moderne ou un *s* long de l'Ancien Régime ? Traquer la moindre bribe d'information qui ajoutera un peu d'humanité à la litanie monotone de l'état civil : *Par devant nous, est comparu, décédé hier soir à, fils de père et mère, sur la déclaration de, après avoir constaté le, qui ont signé avec nous après lecture*… Noter le nom, l'âge et la qualité des témoins, on ne sait jamais quels horizons ils pourraient ouvrir. Recommencer les mêmes opérations jusqu'à ce que le filon des actes se tarisse. Être triste quand on comprend que les noms des parents de cette Marie, de ce Jules, de cette Hindith sont perdus à jamais, que cette branche prometteuse finalement ne s'étirera pas plus haut.

Rêver encore – c'est là pour moi la magie des archives – à cette géographie du passé, aux bourgades enfumées, aux maisons étriquées, aux routes poudreuses ravinées par les roues des chars à bancs, aux océans traversés pour une vie nouvelle. Dilettante comme je suis, j'ai dû atteindre péniblement la centaine de noms avant de renoncer, découragée par les horizons qui se bouchaient les uns après les autres. Alors ces 4 598 individus répertoriés, je n'ose même pas imaginer ce que ça représente en années d'assiduité.

Bien sûr, j'ai cherché à savoir qui se cachait derrière cet arbre et à reconstituer quelques bribes de l'histoire de cette personne, comme elle l'a fait avec tous les siens. C'est une femme d'une cinquantaine d'années qui habite aux confins de la grande couronne. Elle a d'abord eu deux garçons, puis trois filles d'un second compagnon, trois jeunes femmes épanouies que je peux voir sur Facebook aux bras de jeunes hommes aux yeux joyeux… Je sais que son père est mort quand elle avait vingt-deux ans et qu'il s'agit très certainement de ce Robert, électricien, qui témoigne les bras croisés et le regard défiant dans le film sur Pardailhan. Je sais aussi qu'elle a eu une sœur, tôt disparue. De sa mère, nulle trace sur Geneanet, je suppose que cela signifie qu'elle est encore vivante.

Un jour d'été, nous échangerons quelques mots. Elle m'apprendra qu'elle a quitté la Famille à vingt ans parce qu'elle n'y avait jamais réellement trouvé sa place. En partant, elle a coupé les ponts pour toujours.

« Ça n'a pas toujours été facile, dira-t-elle. Douloureux même, parfois. »

Je sentirai sa voix se fêler. Elle se reprendra très vite.

« Mais maintenant je suis heureuse. Si je devais choisir, je ne changerais rien à ma vie. »

Elle est fière du parcours accompli, de ses filles qui ont fait ce qu'elles ont voulu, de bonnes études, de bons métiers, de belles rencontres, de beaux enfants. Elle me confiera enfin qu'elle est toujours très amoureuse du mari qu'elle s'est choisi, il y a bien longtemps.

Au commencement

La souche de l'arbre, donc. Au commencement de la Famille étaient Jean Pierre Thibout et François Joseph Brin.

Je vais débuter par Jean Pierre parce qu'il est un peu mon voisin d'enfance. Ça m'a fait un choc de découvrir son lieu de naissance : Épinay-sur-Seine, le jardin secret de mon adolescence. C'est là que, après la mort de ma mère, j'allais passer chaque week-end avec ma tante paternelle dans la petite maison – nous disions « pavillon » – que son père avait fait construire en 1911. Une fine meulière que je percevais comme un château parce qu'elle présentait l'incongruité luxueuse de compter deux salles à manger pour autant de chambres et qu'elle regorgeait de détails que je jugeais flatteurs : soubassements peints en faux bois, parquets luisants, cheminées-miroir dans toutes les pièces. J'adorais cette maison.

C'était un ailleurs et un autrefois. J'y traversais des heures ouatées d'un ennui fécond, pour beaucoup à genoux sur le lino du grenier à faire l'inventaire des trésors familiaux. Je m'en échappais souvent toutefois pour aller me promener dans le quartier. Qu'est-ce que tu vas faire ? Rien. Marcher. Encore aujourd'hui, je remercie ma tante de m'avoir toujours laissée filer sur la foi de cette seule explication, comme s'il était parfaitement logique qu'une enfant de treize ans souhaite arpenter seule les rues vides d'une ville de banlieue éventrée par une route nationale. Mes pas d'alors ont sans doute plusieurs fois croisé les fantômes de ceux de Jean Pierre.

Jean Pierre Thibout naît à Épinay-sur-Seine en 1762. Je n'ai pas trouvé l'adresse précise, mais comme il est fils de vignerons, il est quasi certain qu'il a grandi sur les coteaux qui surplombaient alors la Seine et la langue mince de l'Ile-Saint-Denis. C'était une zone en friche dans les années où je sillonnais le quartier, les maisons modestes paraissaient sur le point d'être avalées par les restes de leur jardin, et le chemin de halage qui en dessinait la limite inférieure avait des airs aguicheurs de coupe-gorge. La maison où est né Jean Pierre Thibout a sans doute disparu il y a bien longtemps. Mais l'église où il a été baptisé est toujours là.

Elle s'appelle Saint-Médard, comme par hasard. J'aimerais bien savoir si le fait d'avoir le même saint patron que le lieu saint des convulsionnaires a joué un rôle dans son destin mais c'est trop demander aux archives. J'ai appris cependant que la paroisse Saint-Médard d'Épinay était bel et bien un fief janséniste au cours du XVIIIe siècle, comme ses voisines de Stains, d'Aubervilliers, de Gonesse, de Pierrefitte, de Pantin, de Montfermeil, de Noisy-le-Sec. *Presque tout le grand vicariat de Saint-Denis est perdu ou au moins gâté,* résume tristement un chroniqueur de l'époque[17].

À peine majeur, Jean Pierre épouse une jeune fille de dix-huit ans, très enceinte. Le bébé naît, puis son ventre s'emplit à nouveau et c'est la fin, à vingt ans, quatre jours après la naissance d'un fils, qui n'aura lui-même vécu que quelques heures. Thibout se remarie le 20 juillet 1789. C'est six jours après la prise de la Bastille, et c'est aussi la date que les historiens ont retenu comme point de départ de la Grande Peur, une vague de jacqueries et de folie collective qui sema la panique dans toute la France. Joyeux présage pour les tourtereaux. La nouvelle élue a dix-huit ans de plus que son époux. Elle exerce la profession de maîtresse d'école. Sur l'acte de mariage, sa signature laisse pourtant supposer qu'elle sait à peine écrire. J'ai découvert depuis que les écoles paroissiales du XVIIIe siècle attendaient essentiellement des futures institutrices qu'elles sachent lire, qu'elles connaissent les rudiments de la Bible et surtout qu'elles soient d'une moralité irréprochable. Savoir manier la plume était une compétence accessoire.

Je ne saurai pas ce qu'elle devient, ni même si elle est encore de ce monde quand Jean Pierre quitte définitivement ses coteaux pour poser ses bagages à Paris. En tout cas, il se remet en ménage deux fois, sans se marier, et a d'autres enfants. Il meurt en 1836. Il habite alors un immeuble de la rue de Montreuil.

Je suis retournée à Épinay par le truchement de Google Street View. J'ai eu envie de parcourir le chemin que j'empruntais parfois le dimanche pour me perdre dans les rues du bord de Seine. La maison de mon enfance, vendue en 2008, a été dotée d'une jolie extension par ses nouveaux propriétaires qui semblent en prendre bien soin. Elle porte crânement ses cent sept ans. C'est vieux, mais pas suffisamment pour que Jean Pierre Thibout puisse l'avoir vue. Quand il vivait à Épinay, le quartier où elle s'élève n'était encore que les abords de l'étang Coquenard dont les effluves pernicieux avaient sinistre réputation dans toute la région. Il a dû, en revanche, passer mille fois par la grande route qui bourdonne aujourd'hui à moins de cent mètres. Ce n'était pas encore la Nationale 14, mais déjà une voie importante. Il ne la reconnaîtrait pas. Moi-même, je la trouve changée. Il y a trois décennies, c'était encore une vilaine saignée urbaine qu'on traversait vite en serrant les dents. Maintenant, elle s'orne d'un terre-plein central gazonné qui lui donnerait presque une allure de promenade.

Je l'ai remontée via l'écran sur plusieurs centaines de mètres. Je suis passée devant un Leader Price qui m'a semblé plus riant que le discounter qui l'avait précédé. Sur le trottoir d'en face, j'ai retrouvé le grand ensemble de bâtiments qui abritait autrefois une clinique psychiatrique. Là, il doit connaître, Jean Pierre ; c'était la maison de Rose Bertin, modiste de Marie-Antoinette. Dans son enfance, ça devait être l'une des plus belles demeures du coin.

Un peu plus loin, j'ai tourné à gauche dans la rue de Paris, en laissant sur ma droite le centre commercial où j'allais traîner quand vraiment je n'avais rien d'autre à faire. Il me paraissait grand quand j'avais treize ans, je le trouvais moche et vaguement menaçant. Je n'ai pas changé d'avis.

Et puis je suis arrivée vers chez lui, tout au moins dans ce qui devait être son quartier. Malgré la progression du tissu urbain, c'est toujours coquet. Peu d'immeubles modernes, mais une myriade de maisons individuelles. La plupart ont à peu près le même âge que la nôtre et suivent le même modèle, un volume à étage en meulière, un toit vaguement mansard, un appendice de plain-pied en crépi, un jardinet devant et un espace plus conséquent à l'arrière. Quelques villas Art déco et aussi des bâtisses récentes, qui tiennent moins bien le choc des ans. En revenant lentement sur mes pas et en zoomant sur l'image, j'ai retrouvé quelques constructions plus anciennes. Les deux beaux pavillons d'entrée de la Villa Saint-Joseph, vestiges d'une maison de plaisance du XVIIIe siècle. Pendant plusieurs années, le site a abrité une partie des activités des studios de cinéma Éclair qui feront la réputation de la ville au XXe. Au vu des gravures d'époque qu'on trouve encore facilement sur le net, la propriété devait être splendide quand Jean Pierre était enfant. Un siècle après sa naissance, des jésuites l'ont achetée pour en faire une maison de retraite.

Juste à côté, à un clic vers le nord, je me suis arrêtée sur une maison plus modeste. Je me souviens bien d'elle, elle était en sale état et sa porte cochère menaçait ruine. Je me rappelle l'avoir franchie un jour d'audace et j'avais été déçue de ne trouver qu'un reste de machinerie rouillée dans la cour. Aujourd'hui, elle est pimpante avec ses volets de bois bleu clair. En cherchant un peu, j'ai découvert que c'était la mairie qui l'avait restaurée, elle et son pressoir dans la cour, pour sauvegarder ce qui s'avère être la dernière maison de vignerons d'Épinay. Une chance sur mille pour que ce soit sa maison, mais tout de même je l'ai saluée en passant, on ne sait jamais.

Après un détour par l'église Saint-Médard – plus gracieuse que son homonyme parisienne –, je suis entrée dans la rue des Vignes. Et pour la première fois au cours de cette promenade virtuelle, je n'ai pas ressenti les effets du temps passé. Tout était là comme dans mes souvenirs. Un peu périclité, un peu ensauvagé. Pas la moindre trace de vigne, hélas, sauf une vierge, rouge vif quand la voiture Google l'a immortalisée, qui bouffe une façade borgne.

J'ai piqué vers le sud-ouest le temps de jeter un coup d'œil à la Seine et au port. Il y a des chances pour que ce soit de là que les tonneaux de vin de la famille Thibout embarquaient pour Paris ou Saint-Denis. Et c'est peut-être en montant à bord avec eux que Jean Pierre a quitté Épinay pour s'installer à la capitale, où bientôt il rencontrera les frères Bonjour, le petit Lili et, plus tard, François Joseph Brin.

Celui-là naît trois ans avant Jean Pierre Thibout, à Paris, rue Jean-Pain-Mollet. J'aime bien ce nom évocateur de moelleux doré et d'odeurs chaudes à l'aube. C'est plus flatteur que rue Vide-Gousset ou Grande-Truanderie. Hélas, il ne subsiste rien de cette voie de cent vingt-deux mètres de long qui naissait rue de la Coutellerie pour finir sa course dans la rue des Arcis

– elle a été détruite à l'occasion du percement de la rue de Rivoli. J'ai néanmoins retrouvé une eau-forte, œuvre d'un graveur nommé Adolphe Martial Potémont qui consacra sa vie à croquer les traits de l'ancien Paris. Datée de 1847, elle montre une forêt de maisons étroites, noires, hautes et ventrues, collées-serrées.

C'est donc là que grandit François Joseph. Le père Brin vient de Picardie. La mère est parisienne. Ils sont tous les deux épiciers – le père de maman était même épicier-confiseur. Dans l'échelle sociale du XVIIIe siècle, ce n'est pas rien. François Joseph devient très logiquement épicier, puis il se marie, avec une femme qui vient de divorcer. L'union ne dure pas, l'épouse lui donne un fils en mai 1794 et décède en octobre. Trois mois plus tard, il convole à nouveau en justes noces, avec une jeune femme prénommée Élisabeth Claude. L'année suivante, cette dernière accouche d'un premier garçon. Elle aura six autres enfants, trois garçons, puis trois filles. Ces dernières portent toutes des prénoms hébraïques : Esther, Sarah, Nathalie. Les garçons sont, eux, dotés de prénoms bizarres qui commencent tous par Val ou Vol : Volny, Valmont, Valstein, Valéry.

C'est un de ces détails qui peuvent occuper un esprit curieux pendant des heures. Mais pourquoi diantre ces garçons s'appelaient-ils comme cela ? À force de recherches et de suppositions plus ou moins vaseuses, j'ai fini par trouver une signification plausible à ce choix, qui résiderait dans un alphabet secret janséniste où l'enchaînement des lettres v-a-l ou v-o-l serait un code pour « Que la miséricorde de Dieu soit sur vous ».

Au-delà de ces prénoms originaux, c'est surtout l'union entre François Joseph et Élisabeth Claude qui m'étonne. La jeune femme n'est pas du même monde que son mari. Son père est écuyer et « conseiller du roi en son Châtelet ». Son grand-père maternel est également écuyer et avocat au Parlement. Tous deux sont jansénistes et convulsionnaires notables. Je me demande ce qui a pu convaincre une famille noble de laisser une de leurs filles partir aux bras d'un épicier. Une foi partagée a-t-elle permis de faire tomber les conventions sociales de l'époque ? Ou peut-être que les temps, justement, étaient si déchaînés que ce qui était impensable hier ne faisait plus de remous ?

En 1794, pendant les mois où François Joseph accueille son fils, perd sa première épouse et se rapproche d'Élisabeth Claude, le panier du bourreau se remplit de têtes, dont le débit va croissant, obligeant le gouvernement révolutionnaire à déménager plusieurs fois la guillotine pour éviter que les cimetières ne débordent de trop. Les exécutions se tiennent d'abord place de la Révolution qui deviendra Concorde. L'échafaud migre ensuite vers l'est, jusqu'à la place de la Bastille. Il remonte la rue du Faubourg-Saint-Antoine pour prendre ses quartiers d'été sur la place du Trône-Renversé, future Nation. Puis il retourne place de la Révolution, juste à temps pour mettre un terme à la vie de Robespierre. Enfin, en novembre, il accoste place de Grève.

C'est à la Nation que le carnage a été le plus intense. Il y a quelques mois, en promenant mon chien, j'ai découvert une plaque de marbre blanc que je n'avais jamais vue, apposée sur une façade de l'un des deux pavillons d'octroi qui flanquent la courte avenue du Trône. Celui de la place de l'Ile-de-la-Réunion, côté 12e. *Ici, à la barrière du Trône, l'échafaud fut installé du 13 juin au 28 juillet 1794.*

Elle est nulle cette plaque avec sa façon d'informer sans rien dire. De passer sous silence les mille trois cent six personnes tranchées en deux en l'espace d'un mois et demi. De ne pas parler du record personnel du bourreau Sanson atteint le 17 juin avec cinquante-quatre exécutions en vingt-quatre heures, sous les applaudissements des députés. De ne rien dire d'André Chénier, des carmélites de Compiègne, du palefrenier André Paris et de son fils François, valet, de Marie-Nicole Bouchard, dix-huit ans, de cette vieille abbesse de Montmartre, sourde et aveugle, accusée d'avoir sourdement et aveuglément comploté contre la République.

Je me demande ce qu'ils font, eux, les époux Brin pendant qu'on remplit à la hâte les fosses communes creusées rue de Picpus, à quelques pas de l'endroit où François Joseph rendra l'âme quarante-huit ans plus tard. Pour l'heure, je ne sais pas où ils habitent, peut-être déjà rue de la Cerisaie, près de la Bastille, où leur premier fils naîtra bientôt. Je ne sais pas non plus s'ils ont peur, ou s'ils font partie de ces attroupements de curieux qui vont au spectacle du sang, s'ils se réjouissent de la débâcle d'un système qui fit tant de mal à la cause janséniste, ou s'ils mènent simplement leur vie du mieux qu'ils peuvent.

Tu m'appartiens

Tu te baignes avec une copine dans un grand bassin au milieu d'un décor verdâtre d'inspiration mauresque. Une eau opalescente lèche tes épaules. La multitude d'irisations qui dansent autour de vous indique que vous venez de vous agiter dans l'eau. Tu regardes le photographe d'un air interloqué tandis que ton amie t'empoigne la tête à pleines mains et plaque ses lèvres sur le bas de ta joue, ratant de peu ta bouche. La pièce est habillée de carreaux brillants qui démultiplient l'éclair du flash. L'effet que ça donne est assez arty, l'espace est troué d'impacts blancs. Une partie de ta chevelure ramassée en chignon haut est mangée par la lumière.

Tu fais crari c'est ta go, mais tu m'appartiens biatche, indique babtoufragile_HB. *Et sinon la drogue bien ou bien ?* t'enquiers-tu en guise de réponse. 23 likes.

La pièce miraculeuse

Le Jean Pierre Thibout vigneron et le Jean Thibout gommeur de taffetas arrêté avec les Bonjour ne font qu'un. Je ne sais pas grand-chose de ce qui s'est passé pour lui après son départ d'Épinay, mais à l'hiver 1805, quand la police débarque en pleine réunion pieuse, l'homme est un intime des deux frères convulsionnaires, et accessoirement le portier de leur maison. Son fils né en 1802 est même le filleul du petit Lili. C'est ce dernier qui a choisi son prénom : Augustin. Par sa voix, Dieu va encore plus loin et révèle que le bébé sera le premier d'une lignée. Tous les Augustin Thibout de l'avenir devront transmettre leur prénom à leur premier né. J'ai vérifié : la prophétie d'Israël Élie Bonjour a tenu bon, jusqu'à ce jour.

Avoir l'enfant Dieu pour parrain offre une grande source d'inspiration et le jeune Augustin témoigne à son tour d'un certain talent pour les transports mystiques. Le jour de Mardi gras 1808 – il a alors six ans –, *il se fait conduire à la Glacière pour voir les masques et force son père à entrer dans une guinguette pour y boire du vin. Il monte sur une table, les yeux étincelants de fureur et son visage très animé. Il s'écrie d'une voix forte qui fait trembler son père : Tous ces jean-foutre-là, ne connaissent pas Lili ! Quand Lili m'aura donné sa grande épée, je les tuerai tous*[18]. Quelques mois plus tard, il s'enferme dans une pièce avec des fillettes, les invite à se déshabiller, fait de même, et leur fait chanter *des cantiques à Lili* en les *caressant beaucoup.* Dans la foulée, il remplit d'eau chapeaux et bonnets des invités de la maisonnée avant d'inonder leurs habits en une cérémonie de baptême improvisée qui n'a pas l'air de surprendre les participants.

Son père, Jean Pierre, est lui-même traversé de rêves et de visions prophétiques. Il couche l'une d'entre elles dans une lettre adressée à un *bon ami* qui est vraisemblablement l'enfant messie devenu grand.

J'ai vu dans un petit cercle 12 ou 15 petites brebis extrêmement maigres et si mal vêtues, qu'on voyait leur chair brune au travers de leur laine [...]. *J'ai levé la tête et j'ai aperçu dans un grand cercle une cinquantaine de gros moutons extrêmement gras et couverts d'une laine bien longue et bien blanche,* [...] *j'ai comme aperçu que c'était ceux qui t'environnent, principalement ceux qui veulent être les maîtres et les conducteurs de la sagesse de notre Dieu* [...]. *Le Seigneur est fâché contre ces Messieurs et il paraît qu'il a résolu de les engloutir dans la terre tous vivants, voilà comme le Bon Papa* [C'est le nom que les bonjouristes donnent à Dieu] *me l'a montré.*[19]

En lisant ce texte pour la première fois, j'ai été charmée par sa langue chantournée qui sublime un message simple : le Seigneur préfère les humbles méritants aux puissants profiteurs. Depuis, j'ai appris que la tradition des rêves mystiques a perduré jusqu'à aujourd'hui, mais le style des comptes rendus qui en sont faits a sensiblement décliné.

Et puis il y a les époux Brin. François Joseph et Élisabeth Claude, que la Famille connaît sous les noms de Papa et Maman Yette.

J'ai découvert leurs visages sur deux miniatures datées de 1798. Les portraits sont finement exécutés et leur cadre doré tout simple colle parfaitement au caractère rigoureux de la peinture. Je crois que si je les avais croisés sur l'une de ces brocantes que j'arpente avec avidité dès que le temps le permet, j'aurais tenté une négociation. Carmen m'aurait regardée dépitée, « je trouve ça vraiment moche et en plus t'as vu le prix ? », tandis que ma copine Léa se serait lancée dans le grand numéro de charme dont elle a le secret, qui laisse le vendeur exsangue mais ravi d'avoir concédé un rabais colossal.

François Joseph a le visage long et maigre, éclairé par un regard jaune pâle. Il aura bientôt quarante ans mais sa physionomie est encore juvénile, même si ses tempes commencent à se dégarnir. Il est habillé à la mode de l'époque : redingote à grands revers, gilet paille à pois noirs, cravate portée haut. Pas de perruque, cheveux mousseux châtain clair, grisonnants, ou alors poudrés. Élisabeth Claude a le visage plus carré que celui de son époux, le menton volontaire, le nez un peu retroussé et le sourire rêveur. De sa tenue on devine seulement un ample fichu blanc tout en transparence et une coiffure alambiquée, plumes ou rubans gris, juchée sur une opulente chevelure brune. J'ai aussi trouvé une lettre qui lui est attribuée et qu'elle aurait rédigée vers la fin de sa vie. Et décidément, je n'arrive pas à faire coïncider leurs paisibles visages terriens avec les pratiques mystiques qu'elle décrit.

La même année 1798 que ma tante nous mena chez la sœur Remond, elle avait pour femme de confiance à demeure chez elle une enfant de l'Œuvre âgée de 32 ans. Elle se nommait Marianne Dupont. Dès la première fois qu'elle nous vit chez ma tante, elle eut l'impression dans son état d'Œuvre d'avoir des secours pour ton grand-père et pour moi. Dès le lendemain, ma tante vint nous faire part de cette bonne nouvelle, en nous donnant les noms d'Œuvre que Marianne Dupont nous avait donnés, Jacob et Esther.

Marianne part le dimanche suivant pour les premiers secours chez le père Blanchard, bénédictin rue des Rosiers au Marais, maison de Monsieur Boulard, ami de l'Œuvre.

Nous arrivâmes avec ma tante vers 4 h du soir. C'était la fin d'août. Après la prière, Marianne, revêtue d'une robe de bure, qui était nouée aux chevilles avec une forte corde, demanda d'être suspendue par les pieds à un fort crampon de fer scellé dans le mur pour cet usage. Elle désigna Jacob pour attacher la corde au mur. Il fallait monter sur une table, le crampon de fer étant à 7 ou 8 pieds d'élévation ; ainsi suspendue elle nous indiqua un verre d'eau qu'elle but avec autant de facilité que si elle était sur ses pieds. Elle dit ensuite décrochez-moi pour me crucifier. Elle est restée 15 à 20 minutes suspendue. Après ce premier secours, elle passa dans une chambre plus grande, s'étendit sur le carreau les bras en croix, le père Blanchard prit son marteau, lui enfonça 3 clous à tête de deux pouces dans chaque main, 3 dans chaque pied, 3 clous d'épingles d'un pouce dans chaque sein ; il demanda ensuite une soucoupe, pris son canif, lui fit 5 ou 6 incisions sur la langue, les gouttes de sang tombaient dans la soucoupe. On l'aida ensuite à se relever, elle se mit à marcher dans la chambre, le sang coulant des pieds et des mains. Nous récitâmes des psaumes tout le long de sa promenade, sa figure paraissait alors celle d'une petite fille de 10 à 12 ans ; au bout d'une heure et plus le père Blanchard ôta les clous, lava ses plaies avec de l'eau bénite. Elle passa dans une chambre pour ôter sa robe de bure et se rhabiller et s'en retourna rue des Tournelles, maison où ma tante demeurait. Voilà mes chers enfants les merveilles dont Dieu nous a rendu témoins quatre dimanches de suite[20]. »

La rencontre entre les Thibout et les Brin a eu lieu en 1818, par l'intermédiaire d'un marchand de bois du quai de la Rapée qui amène Jean Pierre et son fils Augustin au domicile de Papa et Maman Yette et de leurs sept enfants. C'est le coup de foudre entre les deux partis. L'année suivante, ils décident de fédérer leurs familles autour de l'héritage convulsionnaire, de la gloire de Bon Papa (Dieu) et du culte du prophète Élie. Une lettre de Jean Pierre Thibout semble, entre les lignes, justifier ce choix et annonce que cette union sera pour le moins étroite et durable. Bien vu.

Bon ami, le palais que tu demandes qui soit bâti dans toute terre, nous ne voyons pas assez de pierres en France pour en remplir seulement les fondations. À la vérité il en a été tiré des carrières mais le soleil et la gelée ont passé sur ces pierres et les ont fait fendre, et elles ne peuvent plus servir [...]. *Il faut des pierres qui soient bien unies et bien blanches pour ce palais* [...] *sans quoi il sera difforme. Il faut, lorsque ces pierres seront liées l'une avec l'autre, il faut que ce palais lorsqu'il sera fini ne paraisse que d'une seule pierre.*

Une telle alliance méritait bien un coup de pouce divin. Début janvier 1819, Dieu en personne fait apparaître une pièce de monnaie sur la table d'un café au moment où Jean Pierre et François Joseph s'apprêtent à payer leur dû. Les deux compères interprètent ce prodige comme un encouragement à aller plus loin que la simple amitié. Il faudra que leurs enfants se marient entre eux et tant pis si la différence de statut social risque de faire du bruit dans le hameau de Champignol. Que ne ferait-on pas pour servir le Tout-Puissant ?

Dans les mois qui suivent le miracle de la pièce, Valstein et Valéry Brin s'unissent à deux filles Thibout, tandis qu'Esther Brin épouse Augustin Thibout. Tous les mariages ont lieu à Champignol, qu'ils orthographient Champignolles, devenu depuis un quartier résidentiel de Saint-Maur-des-Fossés. C'était encore la campagne au début du XIXe siècle, bien loin de l'agitation de la capitale.

Deux cents ans plus tard, l'événement déclencheur de l'union sacrée est toujours célébré chaque début d'année par les hommes de la Famille. À cette occasion, ils se réunissent dans un restaurant des bords de Seine à quelques centaines de mètres de là où sont nés les tout premiers rejetons de cette dynastie florissante qui m'obsède depuis des mois.

Sur Street View, les images montrent un bâtiment bas dont on peut imaginer qu'il pouvait déjà être là au début du XIXe siècle. La légende familiale veut en tout cas que cet établissement soit le lieu du miracle de 1819. En dézoomant un peu, je me suis rendu compte qu'il est proche d'un autre endroit qui marquera à son tour – et de manière encore plus décisive – l'histoire de la Famille quelque trois quarts de siècle plus tard, sous l'égide d'un descendant direct de Jean Pierre Thibout et de François Joseph Brin.

Très vite, le duo de familles devient trio, puis quatuor, quintette, sextuor, septuor et enfin octuor. Les premiers à rejoindre les Thibout-Brin sont les Delahaye, de Roanne, et les Dupray, venus de Thizy, un bourg proche de Fareins, la paroisse des frères Bonjour. Arrivent ensuite les Dréau, en provenance de Suisse. Puis c'est au tour des Cavagne, de l'Essonne, et des Bouché, du Val-d'Oise. La dernière branche est celle des Pincemin, parisiens depuis la fin du XVIIIe, mais originaires du Vaucluse.

Il a fallu trente ans pour que ces huit familles entrecroisent leurs lignées au nom de l'Œuvre ou Vérité. D'autres patronymes apparaissent régulièrement jusqu'à la fin du XIXe siècle, mais ils ne perdurent qu'une ou deux générations, faute de rejetons mâles. Mais à ce moment-là, ce qui se passe dans ces familles n'est somme toute pas très différent des usages en vigueur dans de nombreuses lignées nobles, dans les territoires ruraux isolés ou dans certains milieux socioprofessionnels, à commencer par celui de la viticulture dont la famille Thibout est issue. À titre de comparaison, j'ai interrogé mes propres origines et il ne m'a pas fallu remonter bien loin pour trouver la trace de mariages croisés sur plusieurs générations bretonno-antillaises du côté de mon père comme chez les Judéo-Parisiens de ma branche maternelle.

« C'est la mif »

D'un frisson l'autre. Datée en gros caractères roses du lendemain de la séance de hammam entre copines, la troisième image de ta story est un selfie, pris dans un manège si l'on en juge par l'épais bourrelet noir qui barre ta poitrine et celle de ta voisine. C'est très surexposé, le ciel est blanc de lumière, traversé de quelques rais de couleurs vives, seuls vestiges visibles de la fête foraine environnante. La passagère de ton embarcation ne m'est pas inconnue, c'est elle qui essayait de te déstabiliser sur la photo de la table de ping-pong. Elle affiche une moue dubitative qui répond à ton sourire tendu. Difficile de dire si vous mimez l'appréhension avant le décollage ou si vous avez vraiment la trouille. Un filtre ourson avec bout de nez et oreilles roses complète le tableau.

Contrairement aux deux autres, ce post fait l'objet d'une longue série de commentaires à partir desquels il est aisé de déduire que les montagnes russes ont eu raison de ton estomac. Une Loulou demande : *Agathe, c'est pour ça que tu mets plus ton jean blanc* ? Agathe lui répond avec une série d'emojis verdâtres : *cette truie en a mis partout.* Tu t'offusques, *les gens, c'est comment de squatter mon profil ? Pour une fois qu'on te parle, te plains pas,* lui rétorque une âme charitable. *No life.* Et toi : *C'est pas parce que je sors pas H24 avec vous que j'ai pas d'amis.* L'âme charitable enfonce le clou : *Les amis c'est quoi si c'est pas la Mif ?*

> *C'est c'est la mif – la famille –*
> [...]
> *Respecte le code*
> *On s'en bat les couilles des autres*
> *Regarde on t'laisse tout*
> *T'inquiète on sait qui sont les nôtres*[21].

Merci, ami instagramer. Grâce à toi, je vais passer la soirée avec ce vieux son de TLF et Rohff dans la tête. Chez moi, le rap français peut parfois être propice à la concentration.

La piste Antoine Dréau

J'ai été au cinéma voir *Les Éblouis* avec Marthe, ma voisine-copine. Je ne sais pas vraiment ce que j'allais y chercher, mais j'avais regardé une interview de la réalisatrice parlant de son adolescence dévastée par une communauté charismatique et j'avais été séduite par la vitalité de son regard, qu'elle a su garder doux et aigu, malgré tout.

Surtout, je pensais à Ruth, qui lui ressemblait un peu. Ruth, la joyeuse de ma bande du primaire et du collège, celle avec laquelle je jouais à *Drôles de dames*, moi en Sabrina, la stratège garçon manqué, elle en Jill, la blonde badass. Ruth que j'ai vue s'éteindre en quelques mois, quand ses parents ont rejoint un mouvement évangélique prônant une vie tout entière tendue vers la rédemption. Je me souviendrai toujours de notre dernière rencontre, juste avant qu'ils partent vivre dans une des maisons de la communauté. Tout de gris vêtue, sa mère, qui quatre ans auparavant m'accueillait encore pour le goûter avec des gâteaux achetés exprès pour moi, m'avait abordée dans la rue. « Voulez-vous être sauvée ? » Juste derrière elle, Ruth me regardait droit dans les yeux, sans ciller.

Et puis, sans oser le formuler tout haut, je pensais aussi à toi et aux tiens, Colombe. À tout ce que j'avais appris depuis des mois, à la sujétion dont parle la Miviludes, aux interdits qui pèsent sur vos vies, à vos « il ne faut pas », « on ne dit pas », « on ne doit pas ». Aux regards que nous portons sur vous, à ce que vous sentez de ces regards. L'héroïne des *Éblouis* fait semblant d'être une enfant sans histoire. Et vous ? Y a-t-il du simulacre dans vos rapports au monde ? Toi, Colombe, te penses-tu à part, en dehors, pas comme ? Ce n'est pas l'impression que j'ai, mais tout ce que je sais de toi, c'est ce que tu veux bien montrer.

Au sortir du film, alors que nous frissonnons sous la sale pluie fine de décembre, c'est Marthe qui dégaine la première. Elle cache bien son jeu. C'est une discrète, qui parle à mots comptés, patiemment polis. Elle aussi se passionne pour la Famille.

« Tu penses qu'il y a des points communs entre ce qu'on vient de voir et nos voisins Cavagne et Pincemin ? »

Je lui réponds que je manque quand même cruellement d'éléments tangibles. Après tout, mon bagage de connaissances tient dans deux cahiers à motifs et quelques dizaines de post-it et ne se constitue encore que d'arbres généalogiques, de morceaux d'histoires, de bruits de quartiers, d'heures d'écoute et de visionnage, de lectures de traités d'histoire du fait religieux, de promenades sur la trace des plus infimes signes que le passé aurait laissé traîner à mon intention... Autant dire rien, lui dis-je sans rire.

Elle me connaît bien, elle sait parfaitement que je suis du genre à collectionner les précis de zoologie parce qu'un jour j'ai été subjuguée par l'élytre d'un coléoptère. Je lui confie mes scrupules à l'idée de quitter les archives pour me confronter à des témoins, mon souhait d'ajouter un peu d'épaisseur humaine à tout cela. Je lui parle aussi d'Antoine Dréau, qui m'a menée sur la piste généalogique, et de ses mots, qui rejoignent ceux de Damien et Florent, les deux hommes interviewés par France Culture. Lui je pourrais le joindre, il a laissé une adresse mail.

« Et il date de quand son message ?

– Début 2018 je crois, quelques mois après la diffusion de l'émission...

– Et depuis il ne s'est pas manifesté ? Quand on a quelque chose à dire qui nous pèse vraiment, c'est rare qu'on se contente d'une bouteille à la mer sur un site obscur, non ? »

Marthe a raison. Quand on a quelque chose à dire qui nous pèse vraiment, on essaie de se faire entendre par tous les moyens. Mais parfois, on est privé de parole. C'est ce que je finirai par comprendre quand j'aurai enfin retrouvé la trace d'Antoine Dréau.

Le courage de lui écrire de suite m'a manqué. Je voulais d'abord me renseigner, cerner dans quelle aventure j'allais encore me fourrer. Ça n'a pas été simple, plusieurs hommes, on l'a compris, portent les mêmes noms et prénoms. J'ai d'abord placé tous mes espoirs dans ceux qui me semblaient parisiens. Mais l'un était suisse et l'autre avait grandi aux Antilles. Puis j'ai tenté d'associer tous les flux que je pouvais nouer pour tisser le profil le plus probable : Facebook, LinkedIn, societe.com, etc. Rien de fondé. Alors j'ai cherché « A. Dréau ». Ça m'a menée vers une pétition en ligne. Une adresse y figurait, dans une ville de Picardie dont je n'avais jamais entendu parler. J'ai ajouté ce nom à ma requête : « Antoine Dréau, Ouichy-le-Château ». Et les oracles du net ont parlé. J'ai enfin compris pourquoi il était resté muet après son message sur le blog du pépé de Pardailhan. Antoine Dréau est en prison. Je n'ai pas de doute sur l'identité du condamné : son enfance dans une secte figure en toutes lettres dans l'article de presse consacré à son procès.

J'ai cherché si à tout hasard l'un des profils que j'avais déjà visités était resté muet depuis la date du jugement. Il y en avait bien un. Celui d'un homme souriant. En remontant le long fil de ses posts, je comprends qu'il a eu plusieurs enfants qu'il ne voit plus depuis qu'il a pris ses distances avec la Famille, sans que je sache pourquoi ni comment. Si mes calculs sont exacts, il devrait sortir de prison dans deux ou trois semaines.

28 janvier

J'ai attendu deux semaines avant de retourner sur sa page. Rien de nouveau. Rien non plus le lendemain. Mais le troisième jour, une photo d'arbre traversé par un rai de lumière multicolore avec ce seul commentaire : *libre*. Alors j'y suis revenue quotidiennement, à attendre je ne sais quoi. Et presque chaque matin, il m'offrait un selfie ; Antoine dans un jardin, Antoine soulève de la fonte, Antoine court sur un tapis. Sur toutes les images, il tire la langue comme le ferait un enfant provocant.

J'en ai profité pour faire un peu mieux connaissance. Je lui donne entre trente-cinq et quarante ans. Grand. Larges épaules, silhouette musculeuse, visiblement asséchée par une pratique sportive régulière dont témoignent par ailleurs des trapèzes saillants. Le visage aux traits réguliers est barré par des pommettes proéminentes. Une bouche charnue. Son sourire déclenche deux fossettes bien prononcées. Des yeux bruns, tirés vers l'extérieur, ombragés par des sourcils qui paraissent bloqués en position froncée. Des cheveux très courts, j'ai l'impression qu'ils sont châtain foncé.

Le 28 janvier 2020 dans la matinée, Antoine Dréau poste une citation de Jacques Prévert, mise en page façon craie sur tableau noir. *Quand la vérité n'est pas libre la liberté n'est pas vraie.* En dessous figure un lien vers une autre page intitulée Pinceminthiboutdréaubrin Dupraycavagnedelahayebouché.

Le soir même, cette dernière révèle dix-neuf entrées.

– Une carte postale du début du siècle représentant une petite maison de banlieue, une femme en tenue claire et trois jeunes enfants (la légende est illisible) ;
– une citation de Platon, *Personne n'est plus détesté que celui qui dit la vérité,* tirée du site Moutons Rebelles ;
– une autre de Töpffer : *Le scandale et la médisance n'épargnent pas les intentions les plus pures et les procédés les plus honnêtes* ;
– le film de l'INA consacré à Pardailhan ainsi que trois extraits de presse sur le même sujet (un seul était nouveau pour moi) ;
– les deux épisodes de *La Fabrique de l'histoire* ;
– deux articles du *Parisien* intitulés « La maison de prière des protestants incendiée » et « La salle de prière protestante incendiée » ;
– plusieurs photos de pages extraites de livres couverts de toile noire. Sur la tranche de l'un d'eux, un titre, *Sœur Colombe : les Samedis* ;
– une lettre manuscrite de cinq pages intitulée *Lettre de mon père, discours de Frère Lacroix, Vicaire de la Charité,*

du 20 mars 1742 (l'écriture est contemporaine, ronde et féminine) ;

– trois textes datés de 2002 rapportant des « messages donnés à Vincent » (également rédigés à la main, d'une plume hâtive et maladroite) ;

– une adresse de huit pages, tapée à la machine et signée Jean-Baptiste. Elle commence par *Je suis devant vous, Mon Père, comme un enfant ne méritant rien mais, néanmoins, attendant tout de vous* ;

– deux ensembles de cantiques comptant respectivement huit et dix-huit pages (entièrement rédigés à la main d'une écriture soignée) ;

– un cantique isolé « Pour l'anniversaire du 18 août », portant dans la marge une mention surlignée en rose : *Naissance 18 août 1792 (Monsieur Bonjour)* ;

– vingt-huit photos assez inquiétantes d'un grand hangar façon salle des fêtes dans le plus grand désordre, vaisselle brisée, tables et chaises renversées (les clichés s'accompagnent d'une chanson dite « des Cosseux ») ;

– la note d'information publiée par la Miviludes le 4 juillet 2017 ;

– la définition de Gentilité : *nom féminin (latin ecclésiastique gentilitas, tatis). Ensemble des peuples païens* ;

– et enfin un post qui fait figure de programme : *Pour que la communauté à dérive sectaire nommée « La Famille » évolue et prenne conscience du mal qu'elle peut engendrer. Et surtout pour que les jeunes générations et ceux à venir sachent dans quel milieu ils vivent et sachent qu'ils ne sont jamais seuls… STOP aux mensonges, STOP à l'endoctrinement des enfants à qui l'on vole leur liberté de penser,*

STOP au chantage affectif, STOP à cette fermeture avec « le Monde Extérieur », STOP aux non-dits, STOP à la détresse et à la souffrance des familles de ceux qui ont eu, par choix ou non, l'intelligence et la grâce de quitter cette secte !

Les jours suivants, la pluie de documents continue. À chaque fois qu'un nouvel élément apparaît, je le télécharge, craignant qu'un jour cela ne disparaisse. Je lis tout, je classe, j'indexe, je retape certains textes manuscrits, dans un état proche de la transe. J'ai peur parfois aussi. Que cette histoire qui a commencé sur un coup de tête de voisine curieuse devienne trop lourde pour mes épaules. Ce *stop stop stop* me tape dans le crâne. Quelqu'un a envie d'arrêter la machine. Est-ce que j'aurai le courage de l'écouter ?

Ma seule piste s'appelle Antoine Dréau.

III

À plusieurs

Tiens, tu es seule ? Ça ne t'arrive pas souvent pourtant. Je commence à bien connaître ton *feed* et je sais que ta préférence va aux selfies collectifs, idéalement par miroir interposé. Tes copines font pareil. La plupart d'entre elles choisissent même un cliché de groupe comme photo de profil. Pas très pratique pour savoir qui est qui… D'ailleurs, en ce moment, ta pote Agathe et une Émelie se présentent avec la même image où un quatuor de filles se tiennent par la taille dans une belle lumière dorée de soir d'été. J'ai regardé du côté des garçons et c'est la même chose. Des groupes de trois, de quatre, de cinq. Je ne peux m'empêcher de penser à ces ados de Pardailhan qui ne voulaient pas que la solitude leur donne des idées. Vous sentez-vous plus forts, plus beaux quand vous êtes à plusieurs ?

En fait, vous avez peut-être raison : des chercheurs de l'université de San Diego ont prouvé que les individus quels qu'ils soient sont jugés plus attrayants en groupe que pris isolément, le cerveau humain ayant tendance à percevoir une « moyenne » des visages qui lui sont présentés, ce qui tend à lisser les disparités trop marquées. C'est vraisemblablement pour ça aussi que j'ai parfois l'impression que vous vous ressemblez tous.

Bref, cette fois tu es seule et ce n'est pas toi qui appuies sur le déclencheur. Tu n'as pas la même attitude que d'habitude. Tu te sais regardée. Les mimiques et les postures outrées que tu choisis d'ordinaire ont laissé place à une sorte de timidité. Cette façon que tu as de ne pas savoir quoi faire de ton corps me touche. J'avais la même, Carmen a la même. On aimerait bien être détendues et cool comme les autres filles belles sur les photos. Mais on est empruntées, empotées, embarrassées. Sur un cliché de ta story, tu te caches derrière une grande écharpe à carreaux. Le soleil passe à travers les mailles, c'est beau. La suivante a été saisie juste à temps, quand tu as rabattu le tissu, un instant insouciante. Autour de toi, du bleu vif et du blanc franc traversé par l'élancement noir d'un sapin. Le rose de tes joues… tu as froid. Pour la dernière de la série, tu reprends les rênes en te lançant dans une grimace plutôt réussie, menton rentré dans les plis du cou, bouche arquée vers le bas et yeux écarquillés. Le moment d'abandon au regard de l'autre est passé.

La géolocalisation me mène vers une station de la vallée de la Maurienne, « une promesse de vacances authentiques et bienveillantes dans un village familial par excellence. » 18 j'aime. *Mais c'est mon écharpe ça, keskelle fait sur tes épaules plz ? Je la cherchais partout !* demande une fille dont le pseudo ne me dit rien. *C'est*

Manon à Julien qui me l'a prêtée j'avais froid. Jte la rends au retour t'inkt.

Les Pinpin c'est tous des voleurs lmfao, répond l'autre.

Encore une histoire de vêtements baladeurs, et cette fois pas uniquement entre frères et sœurs. Je m'arrête sur cette drôle de formulation « Manon à Julien ». Je l'ai déjà croisée plusieurs fois avec des prénoms différents. J'ai même vu une version de double appartenance, Paul à Manon à Julien. Je suppose que ce « à » exprime, selon les circonstances, soit la filiation, soit le lien du mariage. Du coup, là, Manon c'est la fille de Julien ou sa femme ? Et les Pinpin, c'est qui ? Les Pincemin ?

Règlement intérieur

D'autres patronymes apparaissent régulièrement jusqu'à la fin du XIXe siècle, écrivais-je un peu plus tôt. Jusqu'à la fin du XIXe, oui. Mais pas après. J'ai mis du temps à m'en rendre compte et il a fallu pour cela que j'imprime un arbre généalogique au complet – super idée au passage, j'ai cru devenir folle en tentant d'assembler dans le bon ordre quinze A4 couverts de centaines de minuscules cases reliées par des traits. Le but de l'opération était de déterminer s'il y avait des alliances préférentielles – est-ce que, par exemple, les Dupray se mariaient davantage avec les Delahaye qu'avec les Bouché ? J'ai pioché dans les vieux feutres de Georges et attribué une couleur à chaque famille – bleu Thibout, rouge Brin, violet Dréau, vert Pincemin, jaune Cavagne, rose Dupray, orange Delahaye, brun Bouché. Puis j'ai surligné toutes les occurrences, laissant blanches les cases portant d'autres noms.

C'est une fois le tableau terminé, étalé sur le plancher de mon salon, que ça m'a sauté aux yeux. Après une dernière union exogame en 1892, les ramures de la Famille se transforment en un sapin de Noël clignotant. Seulement huit nuances vives. Et le blanc disparaît. L'endogamie préférentielle observée depuis le miracle de la pièce de Champignol devient une règle absolue. Fini les nouveaux venus. Dans la Famille uniquement tu te marieras.

Début février, quelques jours après que la piste d'Antoine Dréau m'a menée jusqu'à la page Facebook des Partis – au sens de dissidents –, j'ai découvert le nom de celui qui était à l'origine de ce virage radical et marque la dérive de la communauté vers des horizons inquiétants.

On l'appelle Mon Oncle Auguste.

Ça n'a pas été aussi simple que je l'espérais d'en apprendre plus sur lui. Au cours du XIXe siècle, les archives de l'état civil mentionnent dix-sept Auguste nés dans l'une ou l'autre des huit familles. Des enfants morts en bas âge, des hommes nés trop tôt ou trop tard, mais rien qui fasse tilt. Quelques jours plus tard, un nouveau post Facebook m'a confirmé que je perdais mon temps à passer tous les Auguste au peigne fin. Car officiellement l'homme qui a décidé que le groupe ne compterait jamais plus de huit patronymes s'appelait Paul Augustin Armand Thibout. Il était là depuis le début, coloré en bleu sur mon arbre de papier. Son prénom de naissance le place d'emblée dans la lignée prestigieuse des Augustin, branche aînée des descendants de Jean Pierre Thibout, le vigneron d'Épinay aux rêves prémonitoires.

Il est né le 25 avril 1863, rue de Montreuil. Son père, Augustin Eugène, est employé, sa mère couturière. Après lui viendront onze enfants, dont seulement trois atteindront l'âge adulte. À vingt-quatre ans, Paul Augustin épouse sa cousine germaine. Ils ont sept ou huit enfants – je n'ai pas trouvé tous les actes de naissance – entre 1888 et 1908. Au moins deux d'entre eux disparaissent en bas âge. Lui-même meurt en 1920 à l'âge de cinquante-sept ans. Sa femme lui survit presque un quart de siècle.

Ces dates sèches ne racontent pas grand-chose de l'homme que fut Paul Augustin Thibout dit Mon Oncle Auguste. En revanche, quelques détails piochés dans son état civil et mis bout à bout permettent d'esquisser le récit de son avènement.

Pour commencer, la vie du couple Thibout & Thibout est tout sauf un long fleuve tranquille. Ainsi, à pratiquement chaque nouvel acte, les deux époux font état de professions différentes. Lui est tour à tour doreur, employé de commerce, fort à la Halle, fabricant de couronnes mortuaires, employé de commerce à nouveau, enfin marchand forain. Elle aussi est un temps couronnière, puis couturière, journalière, fleuriste, perlière. Le couple change également systématiquement d'adresse, dans le 11e arrondissement, puis le 20e, avant de mettre le cap sur Villiers-sur-Marne, un gros bourg de campagne situé à une quinzaine de kilomètres de Paris.

Surtout, au fil du temps, l'homme change de nom. À la naissance de son fils aîné, il s'appelle encore Paul Augustin, et le bébé hérite d'ailleurs du titre (Augustin Armand, pour les intimes). Mais dans les actes suivants, sa présentation évolue : il devient successivement Paul Auguste, puis Auguste Paul. Enfin Auguste tout court. Ce n'est certainement pas un hasard. J'y vois plutôt une volonté de s'affranchir de la tradition et d'un statut d'héritier lambda. Augustin de la rue de Montreuil n'aurait été qu'un élu parmi les innombrables autres membres du groupe. En devenant Auguste de Villiers-sur-Marne, il a le champ libre pour écrire sa propre histoire et ses propres règles du jeu.

Et il ne va pas y aller de main morte. Car outre l'endogamie intégrale, Mon Oncle Auguste est à l'origine d'un abondant catalogue d'interdits qui creuseront le fossé entre l'intérieur et l'extérieur, le dedans et le dehors, la Famille et la Gentilité.

Un mémoire anonyme rédigé à la fin du XIXe siècle ou au début du XXe indique ainsi : *Auguste nous a dit en parlant de ses enfants : Je ne veux pas que mes filles travaillent en atelier, ni qu'elles portent des chapeaux alors même qu'elles seraient mariées. Je refuserai de les voir si* [...] *elles venaient me visiter parées de bijoux et de coquetteries. Mes garçons ne devront jamais être ni employés, ni contremaîtres, ni patrons. Quant à l'instruction, je n'enverrai jamais mes filles à l'école et mes garçons iront le moins possible, étant entendu que je ne ferai jamais de faux ni n'en ferai commettre pour leur permettre d'y aller*[22].

Mais ce n'est pas tout. L'Oncle Auguste a aussi orchestré toutes les grandes étapes de la vie sociale et spirituelle et établi le calendrier des rendez-vous festifs.

Sur l'apparence :
– dans la Famille, on ne portera pas de vêtements blancs (parce que personne n'est assez pur pour mériter cette couleur divine) ou rouges (couleur du Malin) ;
– dans la Famille, les filles ne couperont pas leurs cheveux car elles doivent pouvoir se draper dedans pour paraître devant l'Éternel ;
– dans la Famille, on ne votera pas car on ne souhaite pas participer à la course du Monde ;
– dans la Famille, on ne partira pas en vacances, on prendra soin de rester aux abords de la rue de Montreuil et, sauf exception, de ne pas dépasser le bois de Vincennes.

Sur les grandes étapes de la vie :
– les enfants seront baptisés à six semaines ;
– pas de mariage civil. Le père de la promise officiera pendant la cérémonie nuptiale ;
– les enterrements auront lieu trois jours après le décès ; les défunts seront inhumés en fosse commune ; seuls les hommes assisteront aux funérailles. Ils porteront leurs plus beaux habits pour l'occasion.

Sur les réjouissances :
– la Famille se réunira pour Rameaux, Pâques, l'Ascension, Pentecôte et le 15 août ;
– la Famille se réunira pour les mariages ;
– la Famille se réunira début janvier pour célébrer l'union entre les Thibout et les Brin dans un restaurant de Saint-Maur ;

– le 18 août, pour l'anniversaire de Lili, tout le monde chantera des cantiques à domicile. Il en ira de même le Vendredi saint et à Noël, ainsi qu'à d'autres dates dont je ne connais pas la signification (le 24 juin et le 22, 25 ou 28 octobre) ;
– le premier samedi de chaque mois, les hommes déjeunent ensemble au restaurant. C'est « la Soupe » ;
– chaque naissance fait l'objet d'un « arrosage » au bistrot auquel seuls les hommes sont conviés ;
– différents formats de rassemblements sont également prévus : tournois sportifs (de boules et de football), journées consacrées à la pêche. L'une d'entre elles est baptisée « les Ablettes », elle se tiendra à l'été à proximité du restaurant de la pièce miraculeuse.

Pour l'essentiel, le calendrier festif défini par Auguste semble toujours d'actualité. Plus tard, avec l'expérience, je pourrai constater la vivacité de la tradition de la Soupe, qui se tient dans une brasserie proche de chez moi. Ces samedis, l'établissement d'habitude peu fréquenté déborde d'hommes enjoués jusque sur le trottoir.

Quant aux règles de vie, leur survivance est variable. Les vêtements blancs, les filles aux cheveux courts et les photos de vacances montrent clairement que certains préceptes n'ont pas résisté aux outrages du temps, même s'il m'arrive parfois de croiser des grappes de fillettes et leurs mères, toutes en jupe et en nattes interminables.

J'ai mis la main sur une photo d'Auguste. Il est installé en compagnie de trois autres hommes à une table improvisée, faite de madriers posés sur des tréteaux. À en juger par le pan de mur à treillis que l'on devine dans l'angle du cliché, ils se trouvent dans un jardin. L'arrière-plan est envahi de broussailles et d'arbustes. Auguste est assis à l'extrême gauche. Un homme massif au ventre proéminent. Les traits de son visage sont rudes, il est moustachu. Il plisse les yeux, comme s'il était gêné par un soleil trop vif mais cela lui donne l'air sévère et soupçonneux. Sa main droite est posée sur sa cuisse, j'ai l'impression qu'elle n'a plus ni index ni majeur. Les hommes qui posent en sa compagnie sont Élisée Cavagne, Charles Bouché, qui tient un gros serre-joint dans sa main droite, et Étienne Brin. Gilet/chemise pour Étienne et Charles, veste de travail/casquette pour Auguste. Élisée est vêtu d'une tenue claire qui me fait penser à une aube ou à un habit de peintre. L'attitude détendue des protagonistes et la bouteille de vin qui trône devant eux laissent supposer que le cliché a été pris lors d'une pause ménagée au cours d'une journée de bricolage entre amis.

La photo a été prise le 25 mars 1905, la date figure sur une plaquette de bois posée sur les tréteaux. Rien ne semble différencier ces quatre solides gaillards du commun des mortels. Pourtant, à ce moment-là, Auguste a quarante-deux ans et cela fait plus de douze ans que la Famille vit refermée sur elle-même.

Qui peut juger ?

Soirée coiffure. C'est l'un des rituels phares de notre bande. Un peu comme le café du matin, sauf que c'est le soir, qu'on boit du vin et que le parquet de Charlotte se couvre progressivement de cheveux de toutes les couleurs. J'y retrouve peu ou prou les mêmes amies en fonction des repousses et des envies de chacune, auxquelles se joignent parfois d'autres joyeux lurons, prêts à refaire le monde sur fond de playlist moldo-valaque. Aujourd'hui, notre cénacle est réduit. Outre Charlotte, Marthe et Anna, il y a Carmen qui aime bien picorer en écoutant nos idioties ainsi que la fille aînée de Charlotte, qui aime bien picorer en participant activement à nos idioties.

Anna me sert un verre et attaque bille en tête.

« Alors, cette Famille ? Tu as avancé dans tes petites recherches ? »

Résistant à l'impulsion de lui dire que « petites », c'est de moins en moins approprié au vu du temps que cette histoire commence à occuper dans mon quotidien, je me lance dans un résumé grossier de mes avancées : Antoine Dréau retrouvé, les archives privées, la pièce miraculeuse, la généalogie, et bien sûr l'Oncle Auguste, ma nouvelle passion.

« Tu te souviens quand le gars parlait de fermeture sur France Culture ? Eh bien, ça vient de lui. Depuis, ils vivent comme dans un bocal, avec tout un tas d'interdits. Quant à l'endogamie, elle est radicale : ça fait cent trente ans qu'ils font des bébés uniquement entre cousins. »

Anna me regarde avec un air grave qui ne lui est pas coutumier.

« Il doit y avoir un sacré niveau de consanguinité là-dedans… Pauvres gosses. J'ai du mal à imaginer ce que ça peut vouloir dire. Au fait, dans le reportage de France Culture quelqu'un parlait de joues rouges… Tu sais ce que c'est ? »

Avec toute la délicatesse qui fait le charme de ses dix-sept printemps, la fille de Charlotte ne me laisse pas le temps de dire que non, pas encore, c'est trop vague, rien trouvé d'intéressant.

« Mais ça vous dérange pas de les juger ? Ça veut dire quoi de les traiter de consanguins ? »

Un peu moins bouillonnante, mais soucieuse de témoigner de sa solidarité générationnelle, Carmen apporte sa contribution.

« Moi, mes potes, ils sont normaux, hein. Et si c'était pas le cas, en quoi ça te regarde, maman ? Tu crois que je t'ai pas vue, tout ce temps que tu passes à *stalker* sur Insta… Tu trouves pas ça glauque ? »

Anna ou Charlotte auraient sans peine trouvé des envolées sublimes mais je n'ai pas l'âme éloquente. Je me contente d'une réponse succincte.

« Je ne juge personne ! Et s'il y a bien un truc dont je suis convaincue, c'est que chacun est libre de ses croyances et de ses idées. Mais vos copains, là, que vous croisez tous les jours depuis la maternelle, est-ce qu'ils sont libres, eux ? À quel point se sentent-ils autorisés à choisir leur vie ? Qu'est-ce qui se passe s'ils prennent un chemin différent ? »

– C'est pareil dans toutes les familles, rétorque Carmen. Toi, tu kiffes le gangsta rap et les romans de quatre cents pages sans virgules. Tu me regardes d'un air chelou quand j'écoute de la K-pop ou que je passe des heures devant des *animes* et tu te gênes pas pour dire que ce que j'aime est débile. C'est de la pression, c'est pareil. Tu me reproches de pas suivre la voie que tu aurais aimé que je suive. Tu voudrais que je sois toi, en fait, mais en plus jeune.

– Oui, mais moi je ne souhaite pas que tu te maries avec ton cousin, ni que tu arrêtes l'école au plus vite, ni que tu regardes le reste de l'humanité comme une espèce bizarre et menaçante. »

Fière d'avoir été au bout de ma démonstration sans bafouiller, je me ressers un verre en espérant que l'attention se tourne vers quelqu'un d'autre. Mais c'est mal connaître Marthe, chère Marthe. Elle frétille sur le canapé, un petit sourire malicieux aux lèvres, comme un chat qui s'apprête à jouer avec une souris.

« Et cet homme, là, Antoine ? Tu lui as enfin écrit ? »

Se jeter à l'eau

C'est mon métier de prendre contact avec des gens pour qu'ils me parlent. Je fais ça tous les jours depuis douze ans et ça continue de m'amuser. J'aime bien essayer de deviner à qui je vais avoir affaire au ton du mail ou de la voix. Sauf que là, maintenant, je suis gênée. La phrase de Marthe me trotte dans la tête. J'ai envie de rencontrer Antoine Dréau, mais j'ai la trouille. Notre relation, si tant est qu'elle s'engage un jour, part sur des bases pour le moins bancales. D'un côté il y a moi, qui ai accumulé toutes ces connaissances sur sa famille (avec et sans majuscule) et sur sa vie privée. De l'autre il y a lui, qui ne sait même pas que j'existe. D'un côté il y a lui, qui aimerait « révéler les secrets » à un journaliste d'investigation. De l'autre il y a moi, journaliste certes, mais d'une tout autre espèce. Et puis Carmen a fait mouche : de quoi je me mêle ?

Je suis nulle en dilemmes. Zéro capacité à les affronter. En général, je procrastine jusqu'à ce qu'ils deviennent caducs. Ma première réaction consiste à me dire que la décision peut attendre. Alors, au lieu de lui écrire, je choisis de continuer à me documenter. Pas uniquement parmi les textes mis en ligne, qui continuent à s'accumuler. Mais aussi dans les commentaires qu'ils suscitent.

Depuis quelques jours, ça se précipite. Un abonné, puis deux, puis cinq, puis vingt-cinq. La plupart saisissent la page comme un radeau auquel arrimer leur histoire. Outre Antoine, il y a Basile, Lucie, Marine, Patricia, Benjamin. Certains ont grandi dans la Famille et s'en sont éloignés. D'autres la connaissent peu, car leurs parents avaient déjà pris le large. Leurs mots évoquent ceux des témoins de France Culture. Ils racontent le chantage affectif, la culpabilisation, des enfances coupées du monde réel. L'éloignement sans retour de ceux qui veulent vivre la vie à laquelle ils aspirent.

Moi, le plus dur, c'était d'expliquer à mes enfants qu'ils ne verront jamais leur famille.

Imagine quand même, être repoussé par tout ton monde.

Aimer son enfant, ce n'est pas l'élever dans une cage, aussi dorée soit-elle.

La religion a empoisonné ma vie depuis ma naissance.

La honte du secret partagé et des interdits qui t'empêche de te pencher sur de vrais choix de vie.

Et puis il y a l'en face. Ceux du dedans qui ne veulent pas que leur secret soit exposé. Ils sont légion, des posés, des péremptoires et des verts de rage. De tous âges, du post-ado à l'homme mûr.

Vous avez juste la haine. Plein partent et font leur vie tranquille sans casser les couilles derrière, bande de frustrés. Bande de trous du cul.

Ce n'est pas la première fois que la Famille se fait insulter ou critiquer, oh non, pas la première fois et elle a connu pire, bien PIRE qu'une page FB avec 12 abonnés et des photos balancées dans la nature sans que vous-même les compreniez.

De toute façon vous ne connaissez rien à tout cela, pas besoin d'aller plus loin, ça se voit tout de suite. Vous ne comprenez pas la fermeture avec le monde extérieur ? C'est tout simplement parce que vous ne voulez pas la comprendre.

Ce qui est écœurant et hallucinant c'est de cracher et insulter le milieu de vos racines, celui ou vous avez grandi. Sous prétexte que vous n'êtes plus croyant vous lynchez le groupe. Mais ça, on ne vous en veut pas, vous vous êtes égarés, et aujourd'hui on prie pour vous.

Sachez que tout va très vite dans la Famille. Tout le monde est au courant de cette page. Résultat svp ? Combien de recrutés ? Il faut lâcher l'affaire mes pauvres, je vous le redis, vous perdez votre temps. Je parle au nom de 100 à 200 personnes et je pense beaucoup plus encore : toute la Famille est unie, je vous le répète. INÉBRANLABLE.

Si nous sommes une secte infondée, usurpatrice, comment expliquez-vous que nous avions été prévenus depuis très longtemps que nous serions persécutés et que certains chercheraient à nous nuire et à nous faire douter ? Je ne vous en veux pas, c'était prévu.

Ce dernier commentaire me fascine. « C'était prévu. » Ces mots sont ceux d'un homme jeune, l'un des rares qui ne se cachent pas sous un pseudo. Son profil perso témoigne de son amour pour sa femme et ses enfants, de son goût pour la fête, de sa carrière professionnelle bien éloignée des dictats de l'Oncle Auguste. Il y a là un décalage qui me laisse songeuse. Comment parvient-il à faire cohabiter ses croyances et sa vie quotidienne ? Est-il un cas isolé ou représentatif ? Bien sûr, je pense à toi, Colombe. Je cherche sur ton visage ce qui pourrait se rapprocher de l'expression de convictions semblables aux siennes. Et bien sûr je ne trouve rien. Mais sur le visage de monsieur C'était-Prévu non plus. Vos secrets sont bien gardés.

Bonjour,

Je suis une habitante du 20ᵉ depuis de longues années et j'y ai élevé mes deux enfants. Comme tous les enfants, ils m'ont parlé de leurs copains. L'un puis l'autre ont relevé l'existence de nombreux membres de grandes familles, se revendiquant plus ou moins cousins, évoquant d'autres cousins croisés dans les plus petites classes. Comme vous pouvez vous en douter, certains mots ont été posés sur cette situation hors norme. Secte, pas secte ? Comme je suis très attachée au fait de ne jamais porter de jugement sur des sujets que je ne maîtrise pas, j'ai essayé de mieux comprendre ce dont ils me parlaient. Journaliste scientifique de profession, je suis habituée à faire des recherches efficaces sur internet. J'ai donc rapidement compris que leurs copains/cousins n'étaient que la partie émergée d'un iceberg dont je mesure encore mal l'ampleur, mais dont j'évalue assez bien l'ancienneté et l'enracinement dans le quartier. En discutant avec des amis, j'ai réalisé que je n'étais pas la seule à être intriguée par cette communauté familiale.

De fil en aiguille, j'en suis venue à essayer de retracer ces histoires, à essayer de comprendre comment – à défaut de pourquoi – cette structure a pu se maintenir depuis deux cents ans. Mais j'arrive à un stade de mes recherches où je souhaiterais recueillir des témoignages directs de membres et d'ex-membres de la « Famille ». Je comprendrais très bien votre silence, votre refus, voire vos suspicions. Mais si vous souhaitez partager vos souvenirs et votre regard avec moi, je vous en serais très reconnaissante.

D'avance merci.

Contact

Trois messages identiques, à Antoine Dréau ainsi qu'à deux personnes que je vois intervenir régulièrement, Lucie Dupray et Basile Pincemin.

Je m'attendais au silence. Je me trompais.

Dans la nuit, Lucie me demande pourquoi elle. Basile ne dit mot, juste un pouce vers le bas. Au réveil, je trouve une demande en amitié d'Antoine, mais le ton de son message est tout sauf amical. *Comment vous m'avez trouvé ?* Après quelques échanges crispés, il accepte que nous nous parlions le lendemain et me donne son numéro de téléphone.

La conversation dure plus d'une heure. Elle commence tendue, l'homme est aux aguets, ses mots se précipitent et il oublie parfois de respirer. Je sens qu'il me raccrochera au nez au moindre faux pas. Alors je joue franc jeu, je lui raconte ce que j'ai lu sur son parcours, sans faire l'impasse sur la case prison. Ça semble immédiatement le soulager. Son ton se radoucit. Il ne voit pas vraiment ce que je suis venue faire dans cette galère mais j'ai l'impression qu'il commence à croire que je suis vraiment cette voisine du quartier qui s'intéresse aux siens. Je lui parle de mes plongées généalogiques, de Pardailhan, de France Culture. Il m'interrompt.

« Vous en avez pensé quoi ? »

Je m'offre une micro-pause le temps de faire un effort de mémoire. Cette voix traquée, cet accent des faubourgs, ce bouillonnement… Sa question n'est pas naïve.

« Vous êtes Florent ?

– Oui. Vous voulez qu'on se rencontre ?

– Ça m'intéresserait beaucoup, mais je ne peux pas vous servir à grand-chose.

– Voyons-nous quand même. Mais il va falloir que vous preniez le train, je ne peux pas me déplacer. »

Tu es sûre de toi ?

« La semaine prochaine, je vais du côté de Disney pour rencontrer quelqu'un qui est parti de la communauté du quartier, tu sais les Pincemin, Cavagne et consorts ? »

Jieff me jette un regard dépité avant de se replonger dans sa grille de mots croisés de Georges Perec.

Quelques minutes plus tard :

« Tu veux aller au fin fond de la Seine-et-Marne rencontrer un type dont tu ne sais rien pour lui parler de croyances bizarres qui ont près de deux cents ans ? Je ne suis pas sûr que ce soit une super idée. »

Dans la bouche de Jieff, « je ne suis pas sûr que ce soit une super idée », ça veut dire « je ne veux pas te l'avouer mais je suis très inquiet, si ça se trouve le type est barge et tu vas au-devant du danger la fleur au fusil. Mais tu es têtue comme une armée de Bretons et si tu l'as décidé, tu le feras. »

Carmen fait semblant de s'intéresser au chien qui lui laboure les genoux. Je sais qu'elle aurait envie de me dissuader à l'aide d'un fin sarcasme dont elle a le secret. Mais elle me connaît bien. Si j'en parle, c'est que mon billet de train est déjà acheté. Inutile de gâcher la soirée.

À l'inverse de mon mari et de mes enfants, mes amies se montrent enthousiastes, ravies que je sorte de mon dilettantisme coutumier pour aller au bout d'une idée. Ça ne me rassure pas plus que ça. Surtout quand Marthe me demande, en riant mais quand même, de lui donner l'adresse de mon rendez-vous et de lui envoyer un SMS quand j'arrive et un autre quand je repars, « rapport au petit casier judiciaire du gars ».

La veille de notre rencontre, je peinerai à m'endormir, ce qui ne m'arrive presque jamais. Je n'ai pas vraiment peur, mais c'est comme si je prenais enfin conscience que ce n'est plus abstrait.

Crier dans le placard

RER A jusqu'à Marne-la-Vallée-Chessy (parc Disneyland), puis un bus, une demi-heure d'attente dans une gare routière avant de comprendre que depuis les dernières grèves la ligne que je dois prendre est salement perturbée. Le trajet se finit donc en taxi. Il fait froid, même pour un après-midi de la mi-mars. Un soleil timide a fini par percer les nuées mais il ne ravive pas la lumière blafarde. Je traverse de vastes étendues marécageuses, ou inondées. Quand j'annonce au chauffeur ma destination, il a l'air étonné. « Mais y a rien là-bas ! » Un quart d'heure plus tard, il s'arrête, impossible d'avancer. Le chemin qui mène au lieu de rendez-vous n'est pas carrossable.

Antoine m'a demandé de le retrouver devant la maison du cousin qui l'héberge. Il ne peut pas m'accueillir chez lui, ce dernier est encore dans la Famille – il aurait l'impression de lui manquer de respect alors que cet homme lui est venu en aide. Je n'aurai qu'à l'appeler quand j'arrive et il sortira. On ira au café du village pour être au calme.

Autour de moi, des sous-bois, bruyères et fougères qui essaient de renaître de l'hiver. Quelques habitations aux volets fermés, ferraille dans les cours. Un roquet miniature aboie en tentant de se faufiler sous un portail. Un jardin peuplé de cerfs en résine encore luisants de la pluie du matin. Où est-ce ? Je compose son numéro. Derrière moi, une voix m'interpelle. « Suzanne. Eh ! » J'ai été trop loin.

Antoine Dréau est plus grand encore que je le pensais. Il porte un sweat léger quand je suis engloutie sous trois couches de laine. Il me rejoint à grandes enjambées, écrase ma main dans la sienne. Le café est assez loin, on marche un quart d'heure sans dire grand-chose : c'est loin la Seine-et-Marne, c'est bizarre chez Disney, c'est pénible les grèves.

Nous entrons dans un troquet comme je les aime, réjouissant d'anonymat. Il est seize heures, c'est l'heure creuse. L'assemblée de consommateurs, au petit jaune et la soixantaine tuméfiée, ne s'arrête même pas de ne rien faire à notre arrivée. Antoine n'a pas l'air d'être un habitué, le patron lui lance le coup d'œil que l'on jette au client vaguement familier, celui dont on sait qu'on l'a servi une fois ou deux, mais pas plus.

Nous nous asseyons dans un coin. Je sors mon tout nouveau carnet de notes pour me donner de l'assurance. À vrai dire, je me demande encore par quel bout commencer l'entretien. Je ne connais pas ce type. Il ne me connaît pas. Le grand bain, et moi qui viens de sauter sans être tout à fait sûre de savoir nager.

Heureusement, Antoine Dréau n'a pas mes pudeurs de gazelle.

« J'ai pas bien compris votre projet, vous pouvez m'expliquer encore ? » Frontal, économie d'énergie.

Euh. J'improvise en mode kamikaze. « J'aimerais me servir de votre histoire pour me faire de l'argent, vous n'y voyez pas d'inconvénient ? » Les sourcils du gars ont un drôle de soubresaut avant de revenir dans la position qui leur semble habituelle, froncée. Ses yeux se font fentes. « Vous êtes con, vous. » Ouf. Maintenant que j'ai bien brisé la glace en sautant dessus, je me sens plus libre d'avancer à découvert.

Je détaille à nouveau le parcours qui m'a menée jusqu'à lui, depuis le début. C'est long, c'est tout croche, même moi je m'y perds. Mais Antoine écoute attentivement, sans me lâcher une seconde du regard. Quand je me tais enfin, il m'explique qu'il est en contact avec un « vrai » journaliste – je sens la nuance – qui semble intéressé par la Famille. Ils doivent se rappeler pour convenir d'une date d'entretien. Je comprends maintenant ce que je viens faire dans ces confins lointains de la Seine-et-Marne. Je vais servir de piste d'entraînement aux idées d'Antoine Dréau avant son interview. Ça me va.

Il me raconte son histoire, sans s'épargner. L'enfance à étouffer malgré une mère aimante, à rêver d'arpenter ce monde de l'extérieur auquel il devait se refuser. C'est un mot qui revient beaucoup dans sa bouche, « l'extérieur ». Je me souviens que dans le reportage de France Culture il employait « Gentilité ». Avec moi, il ne prend pas de précautions oratoires : c'est bien tout ce qui est en dehors de la Famille qui est formellement prohibé. Les amours, les amitiés, les loisirs, les choix de vie, tout. Il évoque aussi ses recherches en catimini pour comprendre ce qu'il vivait et le départ brutal à seize ans, en quête d'altérité et de liberté. La confrontation avec une société dont personne ne lui a appris les codes. La colère, la violence, l'alcool. Le retour chez sa mère au bout de cinq ans, déboussolé.

« J'ai retrouvé ma famille, celle qui comptait pour moi. Quant à la Famille avec un grand *F*, à partir du moment où on naît dedans, on en est pour toujours. Si on s'éloigne, on peut toujours revenir, du moment qu'on promet de se conformer bien sagement aux règles du groupe », explique-t-il, mais alors il faut briser les amarres avec la vie qu'on a essayé de construire dehors.

Puis le départ à nouveau, définitif, avant une nouvelle chute, celle dont j'ai lu les échos. Ses deux mariages, ses enfants, qu'il ne voit plus. Dont quatre avec leur mère dans la Famille, juste à côté de chez moi.

« C'est pour eux que je veux me battre, et pour tous les autres qui grandissent dans cette "secte" (c'est son mot). Je voudrais que les gosses d'aujourd'hui puissent vivre leur vie comme ils l'entendent, qu'ils n'aient pas peur du Monde et qu'ils le connaissent suffisamment pour ne pas s'y sentir comme des aliens. Je ne veux pas qu'ils renoncent à leur foi. Juste qu'elle ne les enferme plus. »

Dans sa tête, la page Facebook, qu'il a créée avec quelques autres dissidents, est une fenêtre sur un avenir possible, affranchi des contraintes du groupe.

Je lui demande si c'est si difficile de partir.

« Pour certains, c'est même impossible d'avoir envie de le faire, parce que c'est très confortable une famille, et particulièrement celle-ci, où tu as plein de copains de ton âge qui sont exactement sur la même longueur d'onde que toi, où on te répète H24 combien c'est cool d'être les élus de Dieu. Où les valeurs sont belles : solidarité, amitié, partage. Le problème, c'est que tu es dans une sorte de placard capitonné, bien douillet. Et on te fait comprendre toute ton enfance que tu n'as pas le droit d'en sortir. T'as beau crier dans ton placard, on ne t'entend pas. À l'extérieur, personne ne sait même que tu es là. »

J'avais préparé beaucoup d'autres questions, mais les réponses devront attendre un peu. Notre premier échange s'arrête beaucoup trop vite, coupé net par les exigences du bracelet électronique qui enserre la cheville d'Antoine Dréau.

Il me guide jusqu'à l'arrêt de bus, me concasse à nouveaux les phalanges et s'éloigne à grandes enjambées.

« Tu m'appelles quand tu veux, et moi je vais t'envoyer des choses. »

Dans le bus, la plaine de la Brie est entre chien et loup. Mon cerveau est presque aussi vide. Je peine à mettre des mots sur ce que je ressens. Le temps a filé à toute allure. Mais je suis indéniablement ébranlée par cette première rencontre avec une personne née dans la Famille.

Pour rejoindre le RER, je traverse la zone d'entrée de Disneyland. C'est l'heure de la fermeture, des enfants sortent en jappant doucement, traînant leurs parents épuisés dans leur sillage. Une gamine tourne sur elle-même, fascinée par les reflets des oreilles lumineuses de Minnie. Les jeunes vendeurs à la sauvette ramassent avec précaution leurs tours Eiffel multicolores. Je prends une dernière photo avant d'entrer dans la gare. Nous sommes le 16 mars. C'est en arrivant chez moi que j'apprends ce que la France entière redoutait : dès demain, nous serons confinés.

Stories

Il n'est pas encore tout à fait neuf heures. Derrière ma fenêtre, le silence est épais. Mat comme par une journée de neige, sauf qu'il n'y a pas de neige. Je me mets à l'écoute. D'abord les voitures qui passent au compte-gouttes, jouant toutes la même séquence sonore, plus ou moins grave en fonction de leur poids et de leur vitesse. Le vrombissement pointu des motos et les camions qui mugissent quand le feu passe au vert. Des chocs métalliques profonds venus du chantier voisin, pas encore stoppé. De temps en temps, quelques longs appels de goélands en vol. Cette voix rauque de femme toute seule qui crie dans le vide de la rue. « Tu veux mon nom, tu veux mon prénom, je t'emmerde, t'es qu'un enculé, qu'est-ce que tu me veux à moi, retourne dans ton monde ! »

Bientôt le blanc du ciel se veinera de bleu. Les voix dans la queue qui va s'étendre devant le supermarché vont tisser une trame nerveuse. Un nouveau quotidien va progressivement s'installer dans ma ville éteinte. J'entendrai moins les cris de la femme seule.

Je suis sidérée par la chape d'ennui qui s'est immiscée sous ma peau pendant la nuit. Je sais que je pourrai m'en débarrasser rapidement car le confinement ne changera pas grand-chose à ma vie. Je fais partie de ceux qui ont la chance d'avoir un métier peu sensible à ce genre d'aléas. Bien sûr, les enfants seront là, et Jieff aussi, mais au fond de moi la perspective de vivre les prochaines semaines au plus près d'eux me plaît, même s'il faudra composer avec la flemme de Georges devant les devoirs, les solos de basson courroucés de Jieff en télétravail et les crises de panique du chien qui ne sait pas s'il veut être à l'étage avec son maître ou en bas avec moi.

Le chien, justement, sera mon meilleur allié. Mon passeport pour une liberté, certes kilométrée, mais c'est fou ce qu'on peut découvrir dans un si petit rayon. Et puis il y a Marthe, aussi. Qui habite trois étages en dessous et partagera volontiers un thé dans la cour histoire de s'aérer un peu. Donc oui, ça va aller, mais pour l'instant je cède à l'ennui. Et je fais ce que j'ai promis de ne surtout pas faire en cas de trou d'air, je vais me perdre sur Insta.

Tu n'as rien ajouté de nouveau, Colombe, alors je vais voir du côté de tes abonnés, et des abonnés de tes abonnés. Je ne sais pas si c'est un effet du confinement, mais plusieurs photos anciennes sont remontées à la surface des comptes de tes cousins. De très vieilles en noir et blanc. Et d'autres plus récentes, stories de vacances ou de jours heureux.

Trois séries retiennent mon attention.

Un premier ensemble de clichés des années 1940 à 1970.

Une jeune fille souriante avec une coupe de cheveux typique de l'après-guerre, une jupe aux genoux et de hautes chaussettes blanches assorties à sa blouse de travail. Elle pose devant une boutique de modiste. La légende dit seulement *Mamita*.

Une femme d'une cinquantaine d'années, les cheveux courts comme ma grand-mère les portait en 1965. La clope au bec, fichée dans un sourire narquois. Une robe ajustée aux reflets veloutés, bras nus. Autour d'elle, plusieurs hommes du même âge, la cravate en vrac. Le mobilier de la pièce où ils se tiennent est soigné, sur la table des verres en cristal taillé, modèle Harcourt de chez Baccarat.

Un couple d'une soixantaine d'années, pantalon pattes d'éléphant pour elle, gabardine raide pour lui. Ils posent seuls dans un beau jardin, front contre front, les bras dans le dos. Ils sourient d'amoureux.

Ces trois images auraient pu se trouver dans mon album de photos, mais elles sont issues d'un album de personnes de la Famille et c'est bien pour cela qu'elles me surprennent. Où sont les dictats de Mon Oncle Auguste, dans ces instantanés ? Je repense au logement de neuf mètres carrés de la jeune femme de Pardailhan. À ses mains déjà déformées par le travail. Si la palette des conditions de vie des membres du groupe était aussi variée il y a cinquante ans, pourquoi diable ne le serait-elle pas toujours aujourd'hui ? Au cas où j'aurais été attirée par les sirènes de l'essentialisation, me voici à nouveau avertie.

Une série de quatre photos d'une fillette de six ou sept ans sur une plage vide. À l'aide du bâton qu'elle tient en main, elle a gravé des mots dans le sable ocre : son prénom encadré d'une frise de vaguelettes, un prénom de garçon cerné d'éclairs, *maman+papa* dans un grand nuage, et *LA FAMILLE*, en lettres capitales avec un cœur sur le *i*. Je souris. Je soupire. Je suis incapable de dire quel sentiment me domine.

Enfin, une collection d'énigmes en Lego, proposées par un adolescent qui s'est créé pas moins de six profils en l'espace de trois ans pour y poster ces créations artistiques dans l'indifférence quasi générale. Seuls quelques garçons lui accordent un soupçon d'attention de temps en temps. Ses frères, je présume. Pour tuer le temps, il a inventé un jeu : il recrée des lieux en maquettes minuscules mais très fouillées qu'il soumet ensuite à la sagacité de ses quelques abonnés. Je peux ainsi visiter sa chambre, la cour de son collège, la place de la Nation et un jardin encombré de constructions. Là, je sèche, mais pas ses amis. Trois d'entre eux suggèrent qu'il s'agit des Cosseux. Toujours ce nom de lieu, introuvable sur Google. Je farfouille dans mes cahiers. Là, oui, dans mes notes sur les premiers documents mis en ligne : *vingt-huit photos assez inquiétantes d'un grand hangar façon salle des fêtes, dans le plus grand désordre : vaisselle brisée, tables et chaises renversées. (Elles s'accompagnent d'une chanson dite « des Cosseux »).*

Ça ne m'éclaire pas pour autant. J'interroge Antoine Dréau par SMS. *Vous pouvez me dire ce que c'est les Cosseux ?*

En réponse, il m'envoie la photo de la carte postale qui figure en profil de la fameuse page Facebook.

Cette fois, je peux agrandir l'image, observer les détails de ce pavillon ouvrier tout simple. Et enfin lire la légende qui m'échappait jusqu'ici : *Villiers-sur-Marne – 52, villa des Cosseux.*

Le reste suit par mail, écrit-il dans un second message.

Feu

Rien vert rien vert rien. Rien. Ton cœur s'emballe un peu dans le noir. Tu guettes le prochain grésillement des néons. Il arrive et le vert s'installe pour de bon. Dense, acide, chimique. Il est vraiment dégueulasse ce vert, tu t'es toujours demandé pourquoi ils en avaient mis partout. Pourquoi tous les deux trois ans, ils en repassent des couches sur le bas des murs, sur les chambranles des fenêtres, jusqu'au cadre vieillot du miroir qui trône sur la cheminée. Sur le manteau de la cheminée elle-même. Une fois tu as osé poser la question. Officiellement, le vert c'est la couleur de l'espoir. Maintenant que tu sais qu'ils attendent que le prophète Élie annonce la fin des temps, ce n'est pas si absurde que ça finalement. C'est une bonne couleur pour l'Apocalypse.

Bon allez, avance. Traverse la maison. De nuit et toute vide, elle te paraît minuscule. Une pièce d'environ vingt mètres carrés à ta gauche, encombrée d'une grande table rustique, de chaises dépareillées et de meubles de cuisine pourris. Et une de dimensions plus modestes à ta droite qui sert de salle de réunion aux hommes. Tu l'as consciencieusement évitée toute ton enfance, mais tu sais que l'ambiance y est bien verte aussi et que c'est là que tonton Michel a fait son malaise quand tu avais douze ans. Au fond d'un couloir, il y a l'escalier qui mène à l'unique étage. Tu l'as emprunté discrètement quelques fois avec Élise et Aymé. Mais vous n'avez jamais rien trouvé de secret, juste deux chambres avec de vieux lits en bois recouverts de couvre-lits à fleurs sentant vaguement le moisi. Des armoires cadenassées.

Tu pousses la porte qui donne sur la grande salle construite dans le prolongement de la maison. Dans l'obscurité, son silence te paraît gigantesque. Tu tâtonnes près du chambranle, mais tu ne trouves pas l'interrupteur. Normal, c'était toujours allumé quand vous arriviez. La torche de ton portable te permet de mettre la main dessus. Tu as eu le temps de te préparer à l'immensité qui t'attend, à l'éclairage blafard et à la nuit qu'on devine à travers les Velux sales du toit. Respire. Continue.

Tu commences par la gauche. Tu traverses la deuxième travée de tables, à la recherche de la place qui t'était assignée. La voilà, presque au fond, avec vue imprenable sur les rangées de casiers métalliques alignés sur le mur. Ils sont assez récents, ces casiers. Avant, à leur place, il y avait des meubles de cuisine assortis à ceux de la maison. Mais ils ont dû dénicher un jour un lot de vestiaires de piscine ou de gymnase, et tant pis s'ils n'étaient pas du même vert que le reste, du moment qu'ils ferment à clé pour que leurs fichus livres soient bien à l'abri. Comme si quelqu'un pouvait vouloir mettre la main sur ces textes ésotériques auxquels personne ne comprend rien, ces cantiques usés jusqu'à la corde que tout le monde ici entonne avec autant de ferveur qu'un stade anglais un soir de derby.

Tu t'assois à ta place sur le banc. Celui-là, tu sais d'où il vient, récupéré dans une école de la ville qui allait les bazarder. Tu y retrouves les graffitis au compas et au Bic laissés par les élèves. Et, mêlés aux leurs, les tiens, patiemment tracés au couteau de table pendant les interminables repas. *Émelie suce des bites* t'en a occupé trois, tu t'en souviens, c'était ta grande fierté. *I Fuck Lili*, un soir seulement. Mais celui-là, tu t'étais empressé de le raturer de peur qu'un adulte le remarque. Le petit amas scarifié est là, bien visible. Tu passes ton doigt dessus et tu frémis ; toute votre histoire suspendue aux caprices d'un enfant rendu fou par un père pervers.

Pour calmer la colère que tu sens monter, tu essaies d'estimer le nombre de places assises comme tu le faisais autrefois, quand vraiment leurs bondieuseries étaient trop insupportables et que tu te disais que ça allait durer toute ta vie, sans répit. Ce soir tu te perds dans ton décompte, parce que l'espace est vide et que tu ne sais pas calibrer à l'œil la place qu'occupe un corps sur un banc. Et aussi parce qu'au fil des ans des enfants sont devenus adultes, des adultes ont disparu et des enfants sont arrivés, emmêlant le fil de ta mémoire.

Maintenant, tu te diriges vers l'espace dévolu à la préparation des repas et à la vaisselle. Un seul évier rond en métal pour des centaines de verres et de couverts, des piles d'assiettes de toutes tailles, et au moins une trentaine de plats de cantine. Sans compter les pichets. Ça explique pourquoi les femmes passaient des heures un torchon à la main, à s'échanger des confidences à voix basse. Ta mère, parmi elles.

Tu prends un premier verre, le lèves en direction de la lumière et tu scrutes le fond. C'est un 24. Le suivant est un 53. Il te faut quelques minutes avant de trouver ton 18. Celui que tu te gardais précieusement à chaque fois que tu mettais la table et qui t'a valu ta première bagarre avec une cousine, tu ne sais plus laquelle, qui avait repéré ton manège et se foutait de ta gueule. Comment aurais-tu pu lui expliquer que ces deux chiffres gravés au fond du verre étaient ton seul horizon depuis qu'à l'école on t'avait parlé de majorité légale et de capacité à disposer de toi-même ? Il ne faudra pas que tu oublies d'aller voir le réduit où tu avais fini ce soir-là.

Tu vas poser le verre à ta place. Tu reviens vers les étagères de vaisselle. Tu attrapes une assiette et tu la jettes au sol. Elle se brise sans éclats. Au bout d'une dizaine, l'explosion est plus satisfaisante, magnifiée par le matelas d'éclisses qui tapisse le sol. Toutes les assiettes y passent, même celles en faïence décorée héritées de ceux qui vivaient dans la maison autrefois. Si ça se trouve, l'une d'entre elles a contenu l'omelette ou le gigot de Pâques de l'Oncle Auguste. Pour les verres, tu dois t'y reprendre à plusieurs fois parce que le Pyrex, c'est résistant. Les pichets, tu les lances de toutes tes forces sur le mur du fond où ils éclatent à grand bruit.

Tu te diriges vers les casiers à bouteilles. Il y en a une quinzaine, regroupés dans un coin, exactement comme dans ton souvenir. Tous pleins. Tu prends le temps de lire les étiquettes. Du cahors pour la plupart, et du bergerac pour le blanc. Deux casiers à l'écart sont remplis de bouteilles d'alcool fort et tu notes que la Marie Brizard des vieilles tantes est toujours là. Tu reposes les bouteilles sans les briser, tu n'as pas envie de puer la vinasse.

Tu t'attaques aux bancs et surtout aux chaises. Tu réussis à en démembrer quelques-unes, les autres, tu les empiles en tas, tout contre la grande paroi de bois qui rappelle que l'endroit a été un préau par le passé, avant d'être clos pour éviter que les riverains puissent voir ce qui se passe aux Cosseux. Tu rassembles les tables aussi, beaucoup moins lourdes que dans ta mémoire.

Le cachot maintenant. Un mot d'enfant pour désigner le réduit ménagé dans un coin de la salle même pas fermé à clé. À l'intérieur, c'est toujours aussi vide, seule cette photo de Tonton Fermeture et de ses trois potes, agrandie jusqu'à être totalement floue. Tu arraches le cadre et tu vas le déposer sur le monceau de chaises et de bancs.

C'est bientôt fini. Tu retournes dans la maison et dépends les rideaux, caché des regards d'éventuels passants par les volets fermés. Tu les installes proprement sur le tas de chaises et de bancs. Tu récupères aussi tous les prospectus publicitaires que tu as écartés du passage en poussant le portail. Tu les froisses et les éparpilles.

C'est dommage que tu n'aies pas accès aux casiers, tu aurais pu y récupérer un livre, juste un seul, histoire de montrer plus tard à tes enfants d'où ils viennent.

Enfin, tu vas chercher le bidon d'éthanol laissé à l'entrée et tu le vides en prenant bien soin d'en mettre partout. Ta première allumette s'éteint en vol. La seconde atteint sa cible. Tu regardes si le feu mord. Quand un pied de chaise s'embrase, tu récupères ton verre en vitesse.

Dehors, la nuit t'accueille. Il fait encore chaud. Le lierre gigantesque qui enserre la grille dégage des effluves âcres. La rue est parfaitement silencieuse. Quand tu arrives à la gare, les vitres du toit commencent à rougeoyer.

Les Cosseux

À dire vrai, je ne sais pas vraiment ce qui a pu se passer là-bas. Tout ce que je connais de cet évènement tient dans le petit corpus de faits rapportés par deux articles du *Parisien* datés de juin 2013[23] et relayés sur la page Facebook des Partis.

L'incendie de la maison des Cosseux, à Villiers-sur-Marne, a eu lieu dans la nuit d'un lundi à un mardi début juin 2013. Il est volontaire puisqu'on a retrouvé un bidon de produit inflammable sur place.

La propriété incendiée est qualifiée de *maison de prière de la « grande famille »*. Les voisins interrogés parlent de cent cinquante à deux cents protestants se réunissant cinq à six fois par an pour des fêtes religieuses. Des gens *sérieux* qui chantent tardivement mais qui *ne posent pas de problème.*

Un homme a été brûlé *en sortant de la maison enflammée*, il a été hospitalisé. *Reste à savoir ce qu'il faisait dans cette maison qui n'est pas habitée.*

Sur le site riposte-catholique.fr, j'ai retrouvé une reprise d'un de ces articles[24], accompagné de sa photo d'origine. On y voit la maison après l'incendie. Le toit est détruit, solives apparentes. Les vitres ont disparu des fenêtres. À travers les encadrements vides, on distingue nettement la haie plantée derrière la bâtisse.

En observant mieux les vingt-huit photos des lieux ravagés, je suis frappée par deux détails : celles prises dans le corps ancien de la maison, reconnaissable aux carreaux de ciment et à la forme des ouvertures, ne montrent aucune trace de feu. Les fenêtres sont là, avec leurs rideaux. Les images sont datées de manière visible, comme il était d'usage avec les vieux appareils numériques, et la date indiquée est le 3 juin. Sept jours avant l'incendie. Les lieux ont donc subi deux expéditions punitives distinctes : un saccage d'abord, les flammes ensuite. Dans les semaines qui suivront, les trois personnes que j'interrogerai à ce sujet – dont aucune n'était présente ce jour-là – émettront chacune des hypothèses différentes : fête qui aurait mal tourné, crise de démence mystique, révolte contre le dévoiement d'un lieu saint.

Antoine a tenu parole, il m'a envoyé de nombreuses informations. Il me révèle que cette propriété est demeurée le centre névralgique de la vie de la Famille depuis l'époque d'Auguste. C'est là que sont célébrées les fêtes religieuses, le 14 juillet et le 15 août, ainsi que les mariages. Au fil du temps, le domaine s'est considérablement agrandi, grâce à l'acquisition de terrains adjacents. Il englobe maintenant une bonne partie du pâté de maisons, trois numéros de rue sur Villiers-sur-Marne et un sur Noisy-le-Grand. Les Cosseux se composent désormais d'un vaste réfectoire, d'une maison dédiée à la nurserie, d'une troisième utilisée à des fins d'entreposage et d'un très grand jardin dévolu aux enfants.

Les jours de fête, c'est noir de monde. Tout est très bien organisé, avec des jeux, un coin pour les bonbons et les boissons, un espace pour la préparation des plats, des horaires fixés pour l'apéro, le repas, le café et même un système codifié dans l'attribution des places des petits qui changent de table à mesure qu'ils grandissent. *Mais aller aux Cosseux, ce n'est pas gratuit*, ajoute Antoine. *Chaque famille doit participer aux dépenses nécessaires pour les fêtes et l'entretien. Et participe aussi, quand elle le souhaite, à une tontine qui peut être utilisée pour secourir n'importe quel membre en cas de coup dur.*

Quelques mois plus tard, je prendrai le RER pour Villiers-sur-Marne. La météo n'est que volte-face, alternant éclaircies bleu vif et bordées de pluies cinglantes. C'est une drôle de ville, qui semble avoir poussé sans que qui que ce soit s'en soucie. De petits immeubles tout neufs surgissent, comme des fleurs exotiques dans un foisonnement de constructions bigarrées, couvrant tout le spectre du vernaculaire de banlieue. Çà et là, quelques enclos HLM apportent un peu de verticalité. Je m'arrête pour photographier un alignement de très hauts bouleaux aux feuilles clignotantes, blanc, gris, vert. Puis une belle enseigne de marchand de journaux en métal rouge et argent qui se tend vers le ciel comme un grand foc au large. J'approche, encore un virage, après une maison dépressive où tout ce qui n'est pas blanc est anthracite, même la balançoire. J'y suis.

D'abord la maison d'Auguste, réduite à sa plus simple expression. Un crépi pâle, un toit de tuiles, les deux fenêtres en bois du premier étage, deux garde-corps en fer forgé, le reste dissimulé par une épaisse haie de lierre. En me mettant sur la pointe des pieds sur le trottoir d'en face, je peux apercevoir le toit en fibrociment ondulé d'un appentis qui longe toute la façade. La machine à remonter le temps de Google Street View m'a montré les lieux d'avant l'incendie. La façade présentait alors de jolis encadrements en plâtre légèrement mouluré. Sous les garde-corps, les fenêtres arboraient un soubassement vert, de ce vert partout présent sur les photos post-destruction et qui me semble aussi étrange que le plissé de plastique bleu layette sur les murs décatis de Pardailhan.

Je colle mon nez au feuillage pour essayer de voir à travers. C'est dense, le lierre. À peine puis-je distinguer quelques carreaux de ciment dans ce qu'il reste d'une allée. J'essaie de prendre une photo mais le résultat n'a aucun intérêt, juste des feuilles presque noires et un amas ocre complètement flou. Cette maison ne veut pas que je lui dresse le portrait.

Une averse sauvage s'abat violemment. Accélérons : maison suivante. Années 1950 ou 1960, un peu plus grande, toit double pente, crépi jaune, volets roulants fermés. La troisième, de plain-pied, se tapit derrière une bâche de plastique vert plaquée sur le grillage, tous orifices clos également. J'arrive à un croisement. Je prends à gauche. Puis au bout, à gauche à nouveau. Je suis maintenant à Noisy-le-Grand. La propriété occupe la dernière parcelle avant une impasse qui sert de parking. Par chance, un vieux tabouret a été abandonné contre la clôture. J'ai repéré un trou en hauteur, ça me suffira pour observer un peu l'intérieur. Le jardin est immense et arboré, très bien entretenu. Je tends l'oreille, je crois entendre de la musique dans les parages. J'aperçois une construction qui me fait penser à un hangar. C'est peut-être celui que j'ai vu sens dessus dessous.

« Cherchez quelque chose ? »

Je manque de dégringoler de mon perchoir. Je me retourne brusquement pour découvrir un vieux Rom rigolard. En l'espace d'une seconde, je prends la mesure du tableau que j'offre aux passants, une presque quinqua en trench détrempé juchée sur un tabouret en plastique bleu, smartphone collé à une palissade en béton. Je sors mon plus beau sourire sans rien répondre.

« Beaucoup bruit, le soir les fêtes. Gentils enfants. »

Dans le RER du retour, je regarde une dernière fois les vingt-huit photos des lieux ravagés en 2013. Je me rends compte que j'ai failli oublier les deux feuillets de la « Chanson des Cosseux » qui les accompagnaient.

De l'amitié, de la franche concorde
En ce beau jour, le signal est donné
Plus de dispute, plus la moindre discorde
Les uns aux autres, que tout soit pardonné
Affreux cancans, paroles mensongères
Vils racontars fuyez à tout jamais.

Que de la paix enfin commence l'ère
Célébrons-la, amis en ce palais

Tous la voulaient cette sincère alliance,
Tous désiraient cet instant merveilleux
Qui marquait la fin de notre souffrance
Nous réunit et nous rend si heureux
Mais retenus par un orgueil immonde
Tous en souffraient mais en souffraient bien bas
Ta récompense est notre joie profonde
À qui osa faire le premier pas

Mais si victime d'un destin lamentable
L'un des amis venant à oublier
Le pur bonheur goûté à cette table
Loin de ses frères se laissait égarer
Que les échos de ce chant d'allégresse
Jusque dans son cœur aillent retentir
Lui rappelant sa mère, sa jeunesse
Et près de nous le fassent revenir.

IV

Attendez-moi ici

Par ce dimanche de rues vides, je pars en voyage armée d'une carte de l'Est parisien, photocopiée, agrandie et annotée. C'est un drôle de voyage d'arpenter des rues dont je sais déjà les moindres sinuosités par cœur. Mais un voyage vraiment, si minuscule soit-il. Mes yeux vont se poser sur les pierres qu'ils ont effleurées mille fois sans s'arrêter jamais, sur les portes que je n'ai même pas songé à pousser.

En descendant l'escalier de mon immeuble, j'accueille un frisson d'appréhension, le même qui me chatouille les omoplates à chaque fois que je m'aventure dans l'inconnu. Inconnu, n'exagérons pas non plus. J'appartiens au club des planificateurs fous. Je n'entreprends rien sans une préparation maniaque. Acheter une lampe ou une bouteille de vin peut prendre pour moi des proportions délirantes, à lire auparavant tous les avis disponibles, à chercher à percer les secrets de fabrication, à me demander si c'est le gros manseng ou le petit manseng qui donne ces jurançons secs que j'apprécie. Un week-end de deux jours nécessitera autant d'heures d'étude pour construire le meilleur itinéraire possible, sans parler du choix du bagage. Tout ça pour finir en parfaite improvisation une fois sur place, parce qu'une jolie lumière ou une porte vermoulue aura capté l'écureuil survolté qui me sert d'attention.

Ce périple, je l'ai patiemment structuré, découpé en stations à la manière d'un Tokaido de poche. Grâce aux fonctions avancées de Geneanet, j'ai pu repérer les adresses emblématiques de la Famille – celles du passé et quelques-unes du présent – et choisir une poignée d'histoires à retisser sur la foi de critères qui n'appartiennent qu'à moi.

À l'aller, ma feuille de route comporte cinq arrêts dans – ou à proximité immédiate de – la rue de Montreuil, la *via sacra*, celle où, par une journée d'hiver 1805, Élie Bonjour a donné son manteau et sa houlette à Augustin Thibout, faisant d'un bambin de trois ans le berger par procuration du troupeau de fidèles à venir. « Attendez-moi ici, je reviendrai vous chercher », lui aurait dit l'enfant messie. Augustin a attendu sans bouger, la plupart de ses descendants aussi, pendant près de cent cinquante ans. Ils sont encore quelques-uns à vivre dans cette rue, même si la hausse des loyers a progressivement poussé la plupart des ménages à s'installer plus loin.

Première étape, prendre la rue d'Avron vers l'ouest. Quand Jean Pierre Thibout est mort à quelques centaines de mètres de là, ma rue était encore connue sous le nom de Grande-Rue-de-Montreuil et il allait falloir attendre près de deux décennies avant qu'elle soit officiellement rattachée à Paris. Je repère çà et là quelques immeubles que le grand ancêtre a dû voir souvent, des constructions minimales à un seul étage, ventrues et de guingois, avec un air de campagne. Toute la toponymie ancienne du coin a des relents de bocage et de sentiers poudreux. Rues des bois, des ormes, des ormeaux, des quatre jardiniers, des grands champs, sentier des écuyers… Mais quand les huit familles ont pris racine dans ce quartier, le bucolique avait déjà laissé place à l'ouvrier, aux immeubles de rapport et aux industries en tous genres : briqueteries, fonderies, fabriques de couleurs et de caoutchouc, de fausses baleines, de coton à coudre et de jouets d'enfants.

J'ai retrouvé plusieurs cartes postales de la toute fin du XIXe représentant le carrefour rue d'Avron-boulevard de Charonne. Ça grouille de vie. Des enfants partout. Des femmes envahies de marmots en bas âge. Des hommes costauds, en bras de chemise et tête nue. Deux forts des Halles reconnaissables à leurs immenses coltins aux faux airs de sombrero. Ici et là, de sombres silhouettes à canotier qui passent sans les regarder. À gauche sur le boulevard, la Maison Lejeune, distributeur officiel de la bière Grutli, à droite la Maison Béarel, téléphone et vins fins.

J'ai également déniché une photo de la portion de la rue de Montreuil où les façades apparaissent plus noires, les boutiques moins prospères, les trottoirs mal pavés. Des passants saisis sur le vif portent les stigmates de la pauvreté. Deux garçons pieds nus, blouse au vent, sous le nez d'une matrone renfrognée dans son chinchilla.

Une très petite fille ployant sous de gros ballots de linge. Des hommes dépenaillés aux traits dilatés par l'alcool. Ma première halte est très visible sur cette image. C'est le grand bâtiment qui se retourne à l'angle du boulevard, trois rangées de quinze fenêtres sur ce dernier, trois rangées de dix fenêtres sur la rue. Il y a cent vingt ans, ses briques étaient peintes en blanc ou jaune très clair. Maintenant, elles sont couvertes d'un enduit rougeâtre. C'est une solide construction typique de la fin XIXe, sans chapiteaux fantaisie ni balcons. La bâtisse abritait de nombreux Dréau, Cavagne, Brin, Thibout et Bouché. À raison de sept à huit enfants en moyenne par famille, ça devait faire du monde.

Parmi tous ceux qui ont vécu ici, je me suis attachée à Élie Brin, l'arrière-petit-fils de François Joseph Brin. Sûrement à cause de son prénom de prophète et d'enfant sacré. Élie Brin né là en juin 1889, quatrième d'une famille de huit. Grâce à son livret militaire, j'apprends qu'il était découpeur sur bois, comme son père avant lui. Je sais aussi que sa petite histoire a été fauchée par la grande. Il est mort le 21 août 1914 sur le front alsacien, sans avoir eu le temps de se marier. Sa tombe se trouve à la nécropole militaire de Donon, dans l'herbe rase, indiquée par une croix de béton gravillonné sur laquelle est fixée une fine plaque de métal blanc.

Je n'ai que quelques mètres à faire pour atteindre la station suivante, qui m'attend sur le trottoir d'en face. Depuis les années 1960, les lieux sont occupés par un parallélépipède rectangle de huit étages. Anna et Léa, mes copines architectes, apprécieraient son côté épuré. Moi, je le trouve d'un minimalisme inquiétant avec sa carapace de pâte de verre couleur de kraft mouillé. Nulle trace de ce qu'a pu être ce coin de rue quand Abel Bouché y est né en mars 1830, sauf le platane qui gondole la chaussée.

C'était une pointure Abel, une véritable star dans son secteur d'activité. Il était sculpteur, mouleur, restaurateur d'œuvres d'art et il est encore considéré aujourd'hui comme l'un des grands noms de l'archéologie française et a même sa page dédiée sur le site du ministère de la Culture. C'est d'ailleurs là que j'ai trouvé deux portraits de lui, réalisés à la fin de sa vie. Un homme noueux, marqué par l'âge. Des yeux très clairs et une crinière grise. Des bacchantes blanches aussi, qui lui donnent des airs de patriarche. Il est vêtu avec une sobriété soigneuse. La rosette de la Légion d'honneur est bien en vue, de même que la grosse chaîne de montre qui traverse le gilet. Mais ce qui me touche le plus, ce sont ses mains, énormes et enflées, qui semblent rapportées sur un corps de stature modeste. Son sourire également, doux et malicieux.

Dans d'autres circonstances, j'aurais adoré le compter parmi mes ancêtres, il aurait fait un bel attelage avec mon arrière-grand-père qui collectionnait les silex taillés préhistoriques ou l'arrière-arrière-grand-oncle qui vendait des antiques. Le janséniste, le catholique socialiste et le fils de rabbin, ç'aurait fait de belles discussions.

Je retraverse la rue et je parcours une cinquantaine de mètres jusqu'à ma prochaine destination. Cette fois-ci, l'immeuble est ancien, typiquement faubourien dans sa peau de plâtre. L'entrée se fait par une lourde porte à doubles battants. À travers la vitre embuée, je distingue un escalier couvert d'un tapis rouge. Sur la droite, un mince couloir mène vers ce qui semble être une cour plantée ou un petit jardin. Au-dessus de la porte, la plaque de lave émaillée bleu et blanc doit être d'origine. Immédiatement sur la gauche, un passage cocher débouche sur une impasse barrée par un grand bâtiment des années 1970. Voilà le jardinet, qui longe un corps de logis d'un seul étage, vestige d'une construction fin XVIIIe. Une vigne vierge flamboie dans un coin. Un couple d'oiseaux discute sur les branches d'un arbrisseau déplumé. En dehors de leur pépiement, c'est très silencieux.

J'ai vérifié avant de partir, il n'y a plus personne de la Famille dans la liste des habitants répertoriés à cette adresse. Mais les lieux n'ont probablement pas tellement changé depuis l'époque où les Thibout, Pincemin, Dréau, Cavagne et Dupray vivaient là. C'est une maison de tristes histoires et je voudrais ici saluer la mémoire de Pierre Dupray, vidangeur de fosses d'aisances, abandonné par sa femme au profit de son patron à particule après quatorze ans de vie commune et cinq enfants. Celle, surtout, des enfants d'Isabelle Brin, couturière, et de Pierre Élisée Cavagne, employé. Trois bébés nés sans vie. Puis une Victoire, qui meurt à six mois. Un Victor qui succombe à dix-sept, par un matin de printemps. Deux autres bébés sans vie. Un nouveau Victor, deux mois et puis s'en va. En l'espace de six années, le ventre d'Isabelle Brin s'emplit huit fois mais le berceau demeure vide. Enfin, en 1886, un troisième Victor, et cette fois-ci c'est la bonne. Mais elle l'élèvera toute seule : en 1892, Pierre Élisée la quitte pour se marier devant monsieur le maire avec une étrangère, mère de deux enfants qu'il reconnaît comme les siens. C'est le tout dernier mariage avec une femme du Monde que j'ai trouvé dans l'arbre généalogique. L'ultime ouverture avant la fermeture.

Après un dernier regard en direction du jardin, je franchis le passage cocher dans l'autre sens. Les bruits de la rue me ramènent brutalement au présent et je me remets en route en direction de l'avenue Philippe-Auguste. En la traversant, je salue l'ombre d'Abel Thibout le Juste qui habitait quelque part par là quand il a sauvé les quatre membres de la famille Mandelstam. Un reste de panneau à moitié arraché au numéro 17 me rappelle que tous les juifs parisiens n'ont pas eu cette chance. Ici vivait Henri Skrydlak, neuf ans.

Voici le boulevard Voltaire. Je ne m'éloigne pas beaucoup. L'immeuble qui m'intéresse est juste là, à l'angle entre le boulevard et la rue des Immeubles-Industriels. Quand j'avais une vingtaine d'années, j'avais visité un appartement ici, exactement à ce numéro, attirée par la majesté d'une rue aux bâtiments tous strictement identiques, comme une utopie ouvrière en plein Paris. Je me souviens que le deux pièces proposé à la location était parfaitement décati, parquets noirs de crasse et murs enfumés. La chambre étroite avait conservé la mémoire de cent vingt ans de papiers peints : pampes, feuillages, petites fleurs, grandes fleurs, semis géométriques, palmettes. C'est dans un logement comme celui-ci – et pourquoi pas celui-ci ? – qu'ont vécu Ulysse Dréau et Clémentine Brin. Eux aussi ont eu beaucoup d'enfants – treize exactement –, mais tous sauf un ont atteint l'âge adulte. Lequel d'entre eux était ton ancêtre, Colombe ?

Après ce court détour, je reprends le fil de la rue de Montreuil pour m'arrêter devant un bâtiment sans attrait particulier, si ce n'est un curieux encadrement de vitrine en bois, rythmé de trois chapiteaux. Il en a vu celui-là. J'ai recensé une centaine de personnes de la Famille qui sont nées ou mortes – parfois les deux – entre ses murs. Le premier acte renvoyant à cette adresse concerne le décès de la dernière femme de Jean Pierre Thibout. La légende familiale veut que ce soit au pied de cette porte que l'enfant messie ait adoubé Augustin.

Me voici à l'endroit où la voie se fond dans la rue du Faubourg-Saint-Antoine. La placette où je me tiens a été pendant des années le lieu où je retrouvais mon ami David. Elle a été entièrement réaménagée ces deux dernières années et un grand banc de pierre m'invite à faire une pause. La Ville de Paris lui a même donné un nom, celui de Mireille Havet. Je veux y voir une manigance posthume de la part de David que j'ai si souvent attendu ici. Car si je connais cette poétesse, c'est uniquement grâce à lui qui m'a offert les deux premiers tomes de ses mémoires pour célébrer la naissance de Georges. Dans les notes de mon téléphone, je retrouve cette phrase d'elle que j'aurais pu broder sur ma bannière. *J'ai la chance inouïe d'avoir faim pour tous les plats du monde, et d'agrandir au contraire mon appétit à mesure qu'âprement, je dévore l'univers*[25]. J'aurais beaucoup aimé retrouver David ici aujourd'hui pour lui raconter mon périple. Il aurait fait un mentor idéal pour ce genre d'aventure, lui qui aimait tant gratter la moindre irrégularité de la vie pour comprendre ce qui se cache derrière. « Dommage que tu sois mort », dirait Brigitte Fontaine.

Il est temps de m'engager sur le chemin du retour. Je remonte le Faubourg en repérant çà et là quelques plaques professionnelles d'artisans du meuble. Ils sont de moins en moins nombreux dans le coin, mais je note tout de même un gainier, des tourneurs sur bois, un spécialiste de la marqueterie, autant de professions qui pullulent dans l'arbre généalogique de la Famille, au côté des tourneurs sur métaux, des journaliers divers, de quelques employés de commerce et d'assez nombreux forts des Halles. J'emprunte la rue de la Forge-Royale, puis la rue Saint-Bernard, où se trouve l'église Sainte-Marguerite, fief janséniste au XVIIIe siècle et paroisse de référence de la petite école pour les enfants démunis créée par la confrérie des frères tabourins. Je pense que la plupart des garçons Pincemin, Cavagne et autres ont dû lustrer leurs fonds de pantalon sur ses bancs, sans cela je ne vois pas pourquoi tous les livrets militaires du XIXe siècle que j'ai consultés mentionnent un « lire, écrire, compter », bien avant que l'école devienne obligatoire pour tous les petits Français.

Cette partie du retour sera sensiblement plus courte qu'à l'aller. Trois arrêts. Les deux premiers se situent pour l'un dans un grand passage qui débouche sur la rue de Charonne, pour l'autre dans l'une des rues perpendiculaires à la rue d'Avron. C'est là que se trouvent deux des plus fortes concentrations actuelles de personnes de la Famille. Je suis frappée par la ressemblance entre les deux adresses. De grands ensembles HLM typiques des années 1960-1970 aux façades neurasthéniques percées de longues barres de fenêtres. Sur un balconnet, je repère un vaste aréopage de jouets : trotteurs, chevaux à bascule, cabane en plastique. Alors que je m'attarde le nez en l'air, une vieille dame se penche par la fenêtre de la cuisine, elle me regarde fixement sans mot dire, une longue mèche de cheveux gris pendant dans le vide. Je déguerpis en rougissant.

Après quelques pas, je prends tout de même le temps de photographier un curieux assemblage de plantes qui obstrue complètement une vitre. Je suis presque sûre de l'avoir repéré à l'arrière-plan d'une photo postée par une de tes copines, Colombe. Je sais que je vais mettre un temps fou à la retrouver et je sais aussi que ça ne me servira à rien mais je ne peux pas lutter. J'ai l'impression que les lieux habités parlent une langue que je connais intimement et qui m'émeut. D'ailleurs, je dois t'avouer qu'au tout début de mes recherches, avant même de te trouver, j'imaginais que j'allais être confrontée à des intérieurs d'une austérité tirée au cordeau, héritage des cellules aux murs nus de Pardailhan. Je vois au contraire des pièces pleines de vie, bourdonnant d'un désordre coloré. De grandes télés dernier cri, des bibelots partout, des posters zenifiants (galets, sable ratissé, fleurs de lotus), des affiches de concerts de metal ou de films Marvel partout dans les chambres des enfants. Moi qui me targuais d'une objectivité robuste, me voici prise au piège des clichés…

Plusieurs fois, j'ai tenté d'établir une cartographie de l'implantation actuelle de la communauté, mais j'ai fini par renoncer. Hormis quelques autres immeubles à forte densité familiale, les habitations sont aujourd'hui assez dispersées, couvrant une large partie du 20e arrondissement, plusieurs communes adjacentes à Paris, en particulier Montreuil, sans oublier quelques poches de résistance dans le 11e. Au total, mes recherches m'incitent à penser qu'il y aurait environ cinq cents abonnés téléphoniques appartenant à la Famille enregistrés dans Paris et sa couronne, surtout sur le flanc est. Certains d'entre eux ne font assurément plus partie de la communauté et d'autres ont pu m'échapper, notamment les plus jeunes qui font l'impasse sur la ligne fixe. De là à extrapoler un nombre de membres, il y a un sacré pas à franchir. Pas moins de trois mille, au vu du nombre d'enfants par ménage, bien plus élevé que la moyenne nationale.

Avant de rentrer chez moi, je fais un dernier crochet par la rue des Vignoles. Une rue étroite et serpentine, idéale pour mes baguenaudes paresseuses qui se repaissent des chants d'oiseaux, des alignements de plantes et de la poétique du chapelet d'impasses qui émaillent son tracé. On les nomme Poule, des Crins, des Souhaits,

Rolleboise, Satan, de Bergame. L'immeuble qui m'intéresse est justement au débouché de cette dernière. La bâtisse accuse bien son siècle et demi d'existence, briques rouges, encadrements de plâtre, minces bandes de grès décorées. Ici a vécu l'un des premiers couples à s'écarter – modestement – du tracé divin de la rue de Montreuil. C'est là qu'est mort un de ses enfants, Jean Clément, âgé de cinq ans.

Au moment de sa disparition, le père est couronnier, comme de nombreux habitants d'un quartier qui se promeut alors comme la « capitale européenne de la couronne mortuaire ». La plus grande fabrique du coin était d'ailleurs située à moins d'une centaine de mètres. Une industrie exploitant de très jeunes enfants. En courant le plus vite possible pour étirer les balles de verre en fusion jusqu'à former de fines tiges qu'on tronçonnerait ensuite en perles minuscules, ils permettaient à leurs parents ouvriers de gagner quelques sous supplémentaires. Pas suffisamment néanmoins pour pouvoir s'offrir l'un des délicats édifices de fleurs et de feuilles scintillantes au cas où l'un de leur proche viendrait à décéder. Les couronnes de Charonne étaient réservées à l'agrément des tombes nanties. Pour son ultime voyage, l'âme du petit Jean Clément a dû se contenter d'un hommage plus modeste. Sur son acte du décès, le père est présenté sous le nom de Paul Augustin Thibout. Sa signature : Auguste.

In vino veritas

Aujourd'hui, tu t'es remise à poster, gagnée peut-être par la nostalgie que je sens grimper dans ton réseau au fil des premières semaines du confinement. Te voici comme les autres en train de déballer tes souvenirs de jours meilleurs. Tu débutes par une courte séquence vidéo filmée dans un bar, un soir de l'été dernier. Tu es au milieu d'un groupe de filles très agitées, un verre à la main, le menton provocant et le déhanché évocateur, tu souris à celle qui filme. Autour de toi, des pommettes rouges, des cheveux plaqués sur les fronts, des traits tirés par la nuit qui avance. Les tables en terrasse sont fortement éclairées, dessinant un îlot jaune sur le boulevard noir. Il y a des verres partout et des bouteilles vides. Plusieurs des visages virevoltant sous mes yeux me sont connus. Pour une fois, c'est toi qui ouvres le ban des commentaires : *Vous manquez sales putes* (quatre cœurs rouges). *Dès qu'on peut, on se remet ça*, espère Agathe. *Colombe comment t'avais mal fini*, se remémore une Louise. *Lol*, tu réponds.

Tu as aussi mis en ligne un autre bout de film saisi après la fin d'un concert d'Angèle qui a eu lieu il y a quelques mois. Une trentaine de filles hurlent une chanson de Lykke Li en sautant pieds joints, le bras droit en l'air, îlot encore d'un chœur à l'unisson dans une marée de plaisirs individuels. *I, I follow, I follow you deep sea, baby, I follow you, I, I, follow…*[26] Je te reconnais à l'extrême droite.

Ce concert et cette soirée au bar sont inédits dans ton fil Insta. En regardant les comptes des cousines de ton âge, je remarque une évolution parallèle, soulignée de teintes saturées par les éclairages nocturnes. Vous avez toutes éclos en même temps.

J'ai aussi été observer les contenus publiés par des filles et des garçons un peu plus âgés que toi (je remarque au passage la surabondance de pseudos mentionnant l'année de naissance, est-ce que vous vous classez par promotions ?). J'ai été frappée par le nombre de bouteilles sur les photos. Ils aiment boire. Sec. Et souvent. Chez les uns les autres ou dans des bars. Un en particulier, que je reconnais sans difficulté à son store vert pomme. Vérification dans les avis Google : sept des douze commentaires laissés sur l'établissement sont signés par des Pincemin, des Cavagne et des Dréau. On dirait que j'ai trouvé l'un de vos QG !

Voilà que j'emploie encore la deuxième personne du pluriel, comme si la Famille était un tout indissociable, comme si tu n'existais que par ton affiliation au groupe. Je sais que ce « vos » est un raccourci discutable, mais tes cousins et toi – c'est mieux ? – ne m'aidez pas à sortir de ce travers tant vous semblez aimer vous couler dans le même moule, éreintant jusqu'à plus soif les mêmes codes vestimentaires. Cette année, chez les filles, ça donne : polaire épaisse imprimée, jean flare, baskets Nike, cheveux longs, portés de préférence en chignon lâche ou en queue-de-cheval. Sur la vidéo d'après le concert d'Angèle, j'aurais pu vous reconnaître rien qu'aux tressautements rythmés de vos crinières.

L'alcool, donc, coule à flots. Mais ça n'a rien de nouveau. Il est partout dans vos recueils de cantiques[27] :

– *En attendant, chantons, dansons et surtout buvons à tasse pleine pour aveugler en cent façons, que l'orgueilleux rien n'y comprenne* (Saint Jean 1821, sur l'air de « Femme voulez-vous éprouver »).

– *Mes chers camarades faites comme moi, buvons cent rasades à notre bon Roi* (« Le Brave Grenadier », sur l'air de « Ô céleste flamme »).

– *Buvons de ce bon vin, qui chasse tout venin, qui guérit nos blessures et rend nos âmes pures, j'en veux boire à longs traits pour tenir mon cœur gai. / Il m'a fait un festin où l'amour sert de vin. Bienheureux qui s'enivre et qui ne peut plus vivre sans ce jus précieux qui découle des Cieux* (« Cantique du frère Jacher »).

Il parfume aussi la légende dorée de l'Oncle Auguste qui semble avoir voué la même passion aux spiritueux qu'au spirituel, et lu plus d'une fois la parole divine au fond de son verre. Sa mule, dit-on, avait appris par cœur le trajet Bastille - Villiers-sur-Marne et c'est essentiellement grâce à elle s'il rentrait vivant après avoir prophétisé jusqu'à plus soif dans les bistrots du Faubourg Saint-Antoine.

Au début, je me suis interrogée sur ces pratiques aux antipodes des préceptes jansénistes qui condamnaient tous les plaisirs du corps pour leur fâcheuse propension à éloigner le pécheur de la quête du salut. Et puis je me suis souvenue des photos collées dans les vieux albums que je feuilletais en cachette dans la cave où mon grand-père maternel les avait remisés. *Séder de Pessah 1889, Pourim 1890*… Une écriture de femme, celle sûrement de cette grand-mère Dreyfuss dont pépé refusait de parler. Oncle Salomon bienheureux, Grand-Père Samuel danse pour l'Éternel. Des regards allumés, des cravates défaites sur des plastrons tachés, des teints fleuris. Toute une génération d'hommes ayant l'air d'avoir dévoué une large partie de leur pieuse existence à s'entraîner en vue des olympiades du lever de coude, avec la bénédiction du rabbin qui ne devait pas manquer de leur rappeler qu'à Pourim chacun doit boire jusqu'à ne plus pouvoir distinguer « maudit soit Haman » de « béni soit Mordékhai ». *L'chaim,* les gars. Au bout du compte, peut-être l'alcool est-il l'une des voies que la Famille a sciemment suivies pour se rapprocher du monde juif ?

Boire jusqu'à atteindre les plus hautes sphères, mais pas seulement. J'en ai parlé un soir au téléphone avec Antoine Dréau. « L'alcool est l'un des ciments de la secte. Quand l'extérieur fait peur, on cherche à resserrer les liens avec l'intérieur. Boire tous ensemble, c'est une manière de se rassurer et de se sentir plus forts. C'est pour ça que les anciens laissent les gosses se mettre la tête à l'envers dans les bars : ils deviennent accros à la Famille en même temps qu'à l'alcool et chaque jour qui passe leur coupe un peu plus l'envie d'aller voir à l'extérieur. »

Mais cet alcool doudou est aussi pour certains un poison pernicieux. À présent, je ne peux plus ne pas voir ces adultes au visage marqué et encore moins ces enfants présentant toutes les caractéristiques d'un syndrome d'alcoolisation fœtale que je croise de temps en temps dans la rue, doublement isolés de notre monde.

Promis

Et puis l'alcool, c'est aussi un bon moyen de se donner le courage de draguer. Et ça, c'est primordial. Dans la Famille, la conquête de l'amour est une affaire extrêmement sérieuse qui ne doit pas être remise aux calendes grecques au risque de rester célibataire à vie si le cheptel de partenaires du sexe opposé vient à s'épuiser avant qu'on ait pu trouver sa moitié. À force de scroller dans les vies numériques des seize/vingt-cinq ans, je me suis rendu compte que les jeunes convolent tôt, bien plus tôt en tout cas que le reste de la population française, où l'âge moyen au premier mariage ne fait que reculer depuis cent ans, atteignant trente-six ans pour les femmes et trente-huit pour les hommes en 2018. Les visages auréolés de bonheur sur les clichés de cérémonies nuptiales n'ont pas l'air plus marqués par le temps que le tien. Tout juste sortis de l'enfance. Pour le reste, les mariages ressemblent à ceux de l'extérieur. Madame est en grande robe blanche, son époux en costume et tous les invités sur leur trente et un. Si j'ai bien compris, les épousailles – orchestrées par le père de la mariée et jamais doublées d'un pacte civil comme l'a décidé l'Oncle Auguste – sont précédées par une cérémonie de fiançailles en comité restreint. Mais avant – ça peut être une ou deux années plus tôt –, les amoureux se sont « promis » l'un à l'autre, affichant leur bonheur à venir sur les réseaux sociaux, version 2.0 des antiques bans, sous les pluies de cœurs et de pouces dressés de leurs amis.

J'en ai vu plein, de ces images de promesses, certaines décalées à grands coups de grimaces, d'autres plus graves comme si la réalité du serment était déjà palpable, d'autres encore simplement abandonnées à la douceur de l'instant. Mais à chaque fois, je me laisse cueillir par la jeunesse des futurs. Parce qu'elle se serait appelée Cavagne plutôt que Privat, ce pourrait être Carmen, là, en meringue de tulle, en train de jurer fidélité pour la vie, le meilleur et le pire, à un gosse de son âge. Il faudra d'ailleurs que je dise à ma fille que le beau Mathieu (avec un seul *t*) de ses années collège est promis à un avenir radieux aux côtés d'une frêle « Cla » (Claire, Clarisse, Clara ?) aux grands yeux noirs. *Les premiers 2001-2002*, note un commentateur. *Et ptêtre bien les derniers*, lui réplique une autre, qui semble avoir du mal à se remettre d'une déception sentimentale. *Faut pas désespérer, même toi tu as ta chance la moche*, persifle un troisième avec un émoji diablotin.

Parmi les likes de cette punchline figure le tien, Colombe. À même pas dix-huit ans, es-tu déjà en quête du grand amour, celui qui rime avec toujours ? Pour l'heure, ton monde ressemble à un gynécée à la féminité conquérante mais tout pourrait basculer très vite, comme pour la jolie Cla qui ne s'affichait qu'avec des filles il y a quelques mois encore. Si tout se déroule comme prévu, elle continuera à mener sa vie d'ado pendant une paire d'années environ, puis elle se mariera. Et un beau jour, ses amis s'attendriront devant son *baby bump* en attendant de pouvoir s'ébahir devant les risettes de son premier né. Mais combien parmi ces derniers se poseront la question du choix ? Si Cla et Mathieu n'avaient pas grandi dans un univers restreint, seraient-ils tombés amoureux l'un de l'autre ? Et ces bébés que la jeune fille bercera bientôt parce que la contraception n'est pas une option, les voulait-elle vraiment, la maternité pour seul horizon à l'âge des rêves et des fêtes ?

Dans le Monde, notre monde, la plupart des jeunes parents connaissent ce rétrécissement de leur sphère autour de leurs petits. Je me souviens des soirées passées à tricoter un minuscule pull au point mousse dans le plus parfait contentement alors que six mois auparavant j'aurais préféré traverser le périphérique à pied plutôt que d'envisager acheter la moindre pelote. Mais ils sont si jeunes. Et les unions semblent tellement définitives. Je ne peux m'empêcher de m'interroger sur ce qui se passe si leur couple bat de l'aile, ce qui ne doit pas manquer d'arriver.

Plusieurs témoignages sur la page des Partis laissent entendre que les mariages sont d'airain. Et totalement indissolubles. Si des époux se séparent pour quelque raison que ce soit, ils entrent dans un « célibat » perpétuel qui ne pourra être rompu qu'à la mort du conjoint.

Quant à ceux qui franchissent les lisières des principes familiaux, en tombant amoureux d'un homme ou d'une femme de l'extérieur par exemple, ou en s'affranchissant de la règle de l'union pour la vie, ils semblent être plus ou moins rayés des tables de la communauté et voient leur paysage amical s'appauvrir, même si j'ai l'impression que les jeunes générations sont moins enclines à tirer un trait sur les proscrits que leurs aînés. J'ai ainsi vu deux garçons d'une vingtaine d'années s'afficher avec des partenaires du dehors sans pour autant s'aliéner définitivement leurs amis de toujours. Mais sous les vœux de bonheur et les *vous êtes très beaux tous les deux*, je sens poindre la mélancolie d'une proximité qui n'est plus vraiment ce qu'elle était. S'ils le souhaitaient, ces deux jeunes hommes pourraient-ils venir célébrer la naissance de Lili aux Cosseux, couvrir leurs frères et sœurs de cadeaux pour Noël, trinquer avec les hommes à la Soupe du premier samedi du mois ?

Les lois de la génétique

L'impression de l'arbre généalogique géant de la Famille a eu raison des cartouches d'encre de mon imprimante. Je n'ai pas de recharge et, confinement oblige, mon magasin de fournitures de bureau habituel est fermé. C'est embêtant car j'ai plusieurs sorties à faire en vue d'un article. Dans ces cas-là, c'est SOS Anna. Pour son agence d'architecture, elle a dû investir dans une machine puissante, capable de débiter des dizaines de pages à la minute. Et puis ça me fera une dose de chaleur humaine en plus de mon rendez-vous quotidien avec Marthe dans la cour de l'immeuble. En ces temps de distanciation sociale, c'est précieux.

Anna m'attend chez elle avec un café et des chouquettes. Joshua est là aussi, en train de dessiner sur sa tablette devant un cours en ligne qui n'a pas l'air de le passionner. J'ai le même à la maison. Après quelques échanges de banalités sur la situation sanitaire et nos vies chamboulées, je remarque que mon amie touille son café avec une intensité suspecte.

« Euh… Bon, alors, ces joues rouges. Tu as une idée ? »

Encore ? Elle m'avait déjà posé la question pendant la soirée coiffure chez Charlotte. Elle poursuit.

« Joshua m'a raconté que son copain Abel a six doigts aux mains, et plusieurs de ses frères et sœurs aussi. Ça pourrait avoir un rapport ? »

Curieux en effet, je lui promets de vérifier. Sur ces entrefaites, Joshua pointe son nez dans le salon.

« Je peux avoir une chouquette ? J'ai besoin de reprendre des forces. »

Mais quand Anna est lancée sur un sujet, inutile d'essayer de la faire changer de voie.

« J'étais en train de parler d'Abel avec Suzanne. Tu te souviens, je t'ai expliqué qu'elle fait des recherches sur sa famille. Tu aurais quelque chose à lui dire ?

– Avec Abel, on ne discute pas de ça, ça le gêne. Une fois, il m'a dit qu'il ne pouvait pas en parler parce que tout ce qui concerne sa famille est secret. S'il m'en dit trop, sa grand-mère peut mourir. J'insiste pas. Moi, il me fatigue son secret. On voulait s'installer en coloc à Shanghai ou à Montréal et devenir youtubeurs tous les deux. Mais il m'a dit que finalement il allait rester à Paris pour réparer des ascenseurs avec son père et son oncle. Des ascenseurs, putain… »

Quand je me lève pour partir, Joshua a repris son dessin devant un cours d'anglais. Je m'approche de son ordinateur. Parmi les visages des élèves virtuellement présents, je cherche celui d'Abel Cavagne. Je ne peux discerner que ses boucles brunes et son front plissé par la concentration. J'ai l'impression qu'il est lui aussi en train de dessiner.

Finalement, je n'aurais pas eu à chercher très longtemps. En relisant une énième fois les contributions sur la page des Partis, je suis tombée sur ce commentaire, quelques mots seulement : *On en parle du syndrome de Bloom ?* À force d'écrire des papiers de vulgarisation sur tout un tas de pathologies, je connais une longue liste de noms de syndromes – Bloom n'y figure pas. Voyons. Sur un portail dédié aux maladies rares, je copie une brève description de la pathologie. *Le syndrome de Bloom est un syndrome de rupture chromosomique rare caractérisé par une instabilité génétique marquée, associée à un retard de croissance pré- et postnatale, un érythème télangiectasique photosensible du visage*[28]. Érythème télangiectasique photosensible, autrement dit : joues rouges.

Un article plus complet inventorie d'autres manifestations fréquentes : infections des voies respiratoires et gastro-intestinales associées à une immunodéficience, reflux gastro-œsophagien, difficultés pour s'alimenter, visage étroit, nez et oreilles proéminents, mâchoire inférieure sous-développée, voix nasillarde et haut perchée, infertilité masculine, ménopause précoce, troubles de l'attention et de la mémoire. Et, par-dessus tout, une importante prédisposition aux cancers, qu'ils soient lymphomes, carcinomes, médulloblastomes, ostéosarcomes ou leucémies. À tous les âges, mais souvent très jeunes. La maladie est causée par les mutations d'un gène qui ne se manifeste qu'en présence de deux allèles modifiés, transmis par chacun des deux parents. Si les deux sont porteurs sains, la probabilité que l'enfant soit malade est de 25 %.

Le syndrome de Bloom est extrêmement rare, sauf chez les juifs ashkénazes où sa prévalence est de 1 pour 48 000. Dans un entretien accordé au magazine de l'institut Curie, une chercheuse française évoque deux cents patients diagnostiqués dans le monde. Je pense que la Famille échappe largement aux statistiques. Car si je n'ai pas spécifiquement remarqué d'enfants aux joues rouges, j'ai en revanche vu de nombreux gamins trop petits, aux visages trop longs et à la mâchoire inférieure comme atrophiée. Et sur Facebook, ce frêle adolescent au crâne chauve, ou ces deux bambins fauchés vers quatre ou cinq ans. J'ai vu la photo de l'un d'eux sur ton mur, Colombe. *On ne t'oublie pas.*

Évidemment, je n'avais pas abordé le sujet avec Antoine lors de notre rencontre. Quand je lui pose la question au téléphone, il est intarissable.

« Des enfants aux joues rouges, il en naît chaque année. Mais c'est pas la seule saloperie que nous devons au fait de se marier entre cousins depuis tout ce temps. Certains ont les organes détruits par excès de fer, et pour d'autres, c'est la glycogénose qui détériore le foie ou les muscles. Moi, j'ai plusieurs ancêtres communs avec mon ex-femme. Jean Pierre Thibout apparaît à de multiples endroits dans l'arbre généalogique de mes enfants. C'est une chance qu'aucun d'entre eux ne soit malade. »

Sur le moment, je n'ai pas pensé à lui demander si les six doigts aux mains d'Abel étaient chose fréquente. Mais en poussant un peu mes investigations, j'ai appris que plusieurs syndromes liés à la consanguinité pouvaient s'accompagner d'une polydactylie, souvent associée à d'autres malformations d'importance variable.

Il y a les pathologies répertoriées dans les annales familiales et celles qui n'ont même pas de nom tant elles sont rares, qui foudroient, venues de nulle part. Un soir d'hiver, j'ai eu une longue conversation avec un infirmier en soins palliatifs qui s'est occupé de plusieurs personnes de la Famille victimes de pathologies inconnues. Il évoque une jeune fille frappée d'une déficience rénale terminale. Il me raconte que son corps est si déformé que personne ne sait comment l'installer confortablement. Elle ne communique pas. Mais elle crie de douleur à longueur de journée sous le regard de ses parents et de sa sœur.

Son service a également accueilli une femme âgée, victime d'une maladie neurodégénérative sans nom. Elle aussi crie et gémit en permanence. « Mais dans un cas comme dans l'autre, ce qui m'a surtout frappé, se souvient cet homme, c'est la solidarité qui s'est mise en place autour des malades. Un ballet continu de visites de proches qui viennent aider au repas, à la toilette, ou juste passer du temps. Plus d'une fois, je me suis senti de trop. Pas d'hostilité de leur part. Je pense juste qu'ils préféreraient prendre en charge leurs malades par eux-mêmes. J'en ai parlé à d'autres soignants plus anciens que moi dans l'hôpital. Tous connaissent ces familles. Des gens courageux et investis, mais qui vivent dans un monde à part dont ils ne veulent pas sortir, quoi qu'il en coûte. Et jamais de révolte. On dirait que tout ce qui leur arrive, même si c'est atroce, est accueilli sans états d'âme, presque comme si c'était attendu. »

Les accidents génétiques sont-ils vraiment si nombreux que l'équation « cousin + cousin = cousin + cousin, etc. » répétée de génération en génération le laisse supposer ? J'aurais voulu pouvoir garantir à Mathieu Pincemin que les bébés qu'il aura un jour avec Cla ne seront jamais trahis par leur patrimoine génétique. Mais je sais aujourd'hui que ce serait trop m'avancer. Au cours des vingt dernières années, une centaine de Pincemin de Paris et de ses environs sont morts. L'âge moyen au décès est de 58,8 ans. C'est vingt ans de moins que la population nationale.

Un cercle dans l'asphalte

À quelques heures près, nous aurions pu nous retrouver côte à côte, accroupies sur le même bout de trottoir en train d'admirer les audacieuses qui ont colonisé un trou dans l'asphalte. En deux mois de ville déserte, les plantes ont pris leurs aises, sans craindre les piétinements des passants. Dans cet enclos presque exactement circulaire d'environ vingt centimètres de diamètre cohabitent quelques pousses vigoureuses de ray-grass anglais échappées du square voisin et un coussin de mousse d'un vert nocturne enchâssé dans un fin tapis d'oxalis corniculé aux pourpres éteints. Vu de haut, on dirait une île. J'ai su tout de suite que c'était mon île. Je l'ai photographiée sous tous les angles avant de m'éloigner à regret.

Ce matin, tu la visites à ton tour. Tu l'abordes par les airs, avec une photo où le cercle végétal s'inscrit en majesté en plein centre. Puis tu en fais le tour avec une précision horlogère, sans négliger le moindre recoin. Sous ton objectif, le coussin de mousse est une montagne de velours et l'oxalis un lac au couchant. Les brins d'herbe s'ourlent de perles miniatures où joue la lumière crue du printemps.

Demain, c'est le 11 mai, nous aurons à nouveau le droit de sortir sans se justifier. Et même si les squares seront encore fermés pendant quelques jours, je sais bien que notre île sera bientôt submergée par les pas des Parisiens avides de liberté. Mais nous l'aurons connue, toi comme moi.

Mon pouce est parti tout seul, c'est la première fois que ça m'arrive, et je m'en veux déjà car je m'étais promis de ne jamais intervenir dans ta vie. Si à un moment tu regardes qui a liké ton post, tu te demanderas qui se cache derrière cette photo de profil où ne figure qu'un minuscule fossile d'oursin plat reposant dans la paume d'une main.

Ce moi si contraire à moi-même

À peine déconfinée, je me suis précipitée dans le métro sans but précis. J'adore ça. C'est mon poste d'observation préféré. Avant de partir, je m'imagine toujours que je vais y trouver le temps de lire quelques pages ou d'écouter ma toquade musicale du moment. Mais une fois montée dans la rame, mes yeux et mes oreilles prennent la tangente pour se ruer comme des morts de faim sur le spectacle du monde. Je ne peux pas lutter. Comme un chat devant un aquarium. Au fil des ans, j'ai appris à être discrète, je ne me fais plus prendre le regard fixe.

L'homme qui vient de s'asseoir à côté de moi ne sait donc rien de l'attention que je lui porte. À vrai dire, je ne sais pas moi-même pourquoi lui, et pas cette géante en jogging-claquettes qui vient de s'arrimer au poteau central du wagon comme si sa vie en dépendait.

L'homme donc. Pas loin de la cinquantaine, mon âge à peu de choses près. Vêtu avec soin, costume gris, trench mastic, richelieux fauves à bouts fleuris. Il n'est pas très grand, mais massif, le cheveu très ras. Quand il s'est assis, il a écarté les pieds en les alignant aux montants du siège et a tiré sur le bas de son trench d'un coup sec pour éviter les faux plis. Maintenant il s'empare du sac à dos en cuir noir posé sur ses genoux. J'imagine qu'il va sortir un dossier ou un magazine professionnel, *Les Cahiers techniques du Bâtiment*, par exemple. Oui, il pourrait tout à fait travailler dans le BTP.

Finalement, c'est une belle chemise toilée à sangle, vert amande, impeccable. Il l'appuie à la verticale contre son ventre le temps de refermer son sac et de le déposer au sol, bien calé entre ses pieds. Moi, je n'ai pas envie que mon immobilité trahisse ma curiosité. J'inspire un grand coup et profite d'un arrêt pour tourner la tête en direction des portes qui viennent de s'ouvrir et tenter de mieux voir son visage. Ce n'était pas la peine de prendre toutes ces précautions : il a les yeux fermés. À l'approche de la station suivante, il émerge de ses pensées, s'empare de la chemise et détache la sangle avec précaution. À l'intérieur, il n'y a que deux feuilles, d'un papier mince et jauni, strié de plis écrasés. Il ne les touche pas, sa main gauche reste agrippée au rebord du dossier, sa main droite en soutien contre sa cuisse. Mais il s'incline doucement vers elles comme sur l'onde d'un bassin dans lequel il voudrait se mirer. Il s'y abîme quelques instants et referme la chemise avec des gestes calmes.

Je n'ai pu lire que le titre : *Lettre de mon père, discours du Frère Lacroix, Vicaire de la Charité, du 20 mars 1742*[29].

Et les premières lignes d'un texte écrit à l'encre bleue d'une main enfantine.

Le Frère est tombé par terre où il est resté une demi-heure avec de grandes souffrances dont il paraissait accablé. Ensuite il a sonné de la trompette après il a fait différents symboles avec son crucifix pour les assistants autant que pour lui. Ensuite il a dit mon Père et mon Dieu, il n'y a plus lieu de douter que c'est au milieu des opprobres que vous allez faire paraître votre saint prophète.

L'homme reprend son sac, sort son smartphone de la poche intérieure de son trench et consulte ses mails. À la station suivante, il a disparu.

Il ne saura jamais que j'aurais pu lui réciter des passages entiers de la suite du texte. Celui-ci par exemple : *Mais souvenez-vous qu'à mesure que l'on vous dira : il est ici, il faut courir à la croix, prosternez-vous-y, fléchissez ma colère par de ferventes prières, des gémissements sur vos pêchés et sur ceux de vos frères et sœurs.* Ou encore : *C'est une lettre que mon Père envoie à ses petits-enfants. Il faut qu'ils la portent avec eux, qu'ils ne s'en dessaisissent jamais jusqu'à ce que tout soit fini, qu'ils demandent continuellement au Père de la lumière par les mérites de Jésus-Christ son fils et par l'intercession de son Prophète, qu'ils la gravent profondément dans leur esprit et dans leurs cœurs.*

La *Lettre de mon Père*, je l'ai lue des dizaines de fois depuis que je l'ai enregistrée dans mon disque dur le 28 janvier 2020. Des dizaines de fois et elle n'a rien perdu de son mystère, à l'abri de sa langue tortueuse. C'est un texte sombre, une objurgation, qui invoque un dieu terrible, un père ayant laissé ses enfants de prédilection se perdre dans des ténèbres épaisses et qui attend d'eux pour mériter sa miséricorde qu'ils s'enfoncent dans la retraite, qu'ils jeûnent et qu'ils fassent pénitence, qu'ils gémissent, qu'ils se collent à sa croix et la noient de leurs larmes. C'est là le viatique que chaque enfant de la Famille doit copier à la main vers l'âge de dix ans et garder précieusement sur lui partout et en toute occasion.

Je n'ai jamais cru en rien, baptisée à la naissance, ayant apostasié à dix-huit ans. Pour autant, j'ai vu ce que pouvait être la foi à travers la piété sereine de mon père. C'était un fervent croyant, qui allait à la messe régulièrement, comme on va voir un ami, le sourire aux lèvres. Il serait même probablement devenu prêtre s'il n'avait pas croisé la joie de vivre de ma mère. Jamais son dieu ne lui a fait peur, pas plus qu'il n'a exigé que ses enfants ne chantent sa gloire à leur tour. Il nous l'a raconté, ce père de miséricorde, sans doute aurait-il souhaité que mon frère et moi l'aimions comme il l'aimait. Mais nous étions libres comme l'air d'emprunter notre voie, tant que nous étions heureux de nos choix.

Alors cette croyance-là, qui exige que des enfants recopient des admonestations archaïques, qui leur intiment de craindre la colère de l'invisible, elle me désarçonne. L'homme du métro, lui, c'est pourtant auprès de cette lettre qu'il se ressource.

Aussi, il y a les prières et les cantiques. Un épais corpus de paroles anciennes qui charrient le même effroi que la *Lettre de mon père*. À copier également. Je les ai tous lus, quelques-uns me hantent encore. Celui-ci ne porte pas de nom. C'est l'un des plus courts.

Amour, amour, détruis en moi
Ce moi si contraire à moi-même,
Ce moi qui ne vient pas de toi,
Ce moi triste objet d'anathème.
Arrache du fond de mon âme
Cette attache à ce vilain moi,
Ah fais que je le perde en toi,
Viens le consumer à ta flamme[30].

Il se chante sur la mélodie de « Comment trouver quelque repos », un air extrait de *Renaud d'Ast*, un opéra-comique de la fin du XVIIIe siècle, composé par Nicolas Marie Dalayrac. C'est une jolie ritournelle mélancolique en sol mineur, dont j'ai trouvé la partition sur le merveilleux site du musée virtuel de la musique maçonnique. *Détruis en moi ce moi si contraire à moi-même.*

Je m'imagine, à dix ans, en train de copier ces paroles sur mon cahier à spirale. Je me souviens que j'aimais l'encre turquoise à l'époque, plus fluide que l'outremer standard qui avait tendance à obstruer la plume de mon Stypen marbré parme. Comment aurais-je réagi si j'avais dû, en cursives appliquées, invoquer l'anéantissement de la personnalité dont j'avais à peine eu le temps d'explorer le sas d'entrée ? Aurais-je repoussé le cahier d'un geste rageur ou plutôt porté mon regard vers le visage de mon père pour y chercher une raison de continuer ? Je vais le faire, bien sûr, ne t'inquiète pas, puisque tu sembles persuadé que c'est ce qu'il y a de mieux pour moi.

C'est ce qui m'attriste le plus dans l'idée de ces gamins copistes, de penser qu'il puisse s'agir pour eux d'un acte d'amour envers leurs parents.

Bonnes paroles

Parmi ces enfants, il en est qui se laissent envahir par ce Bon Papa mangeur d'âmes, se font emporter par le tumulte divin qui a tant de fois traversé l'Oncle Auguste, Jean Pierre Thibout, Sœur Élisée, Lili et d'autres dont le nom m'est inconnu. Alors Dieu leur parle et ils l'entendent, et à leur tour ils parlent en sa voix et quelqu'un écrit ce qui est dit à travers eux et le diffuse dans la Famille. Un réseau social directement branché sur Dieu. « On lui a parlé », c'est l'expression consacrée.

Ces dernières années, ils ont été au moins trois, ces messagers de l'au-delà. « On » leur a dit d'annoncer aux autres que la fin est proche, que les temps étaient venus de se repentir, d'embrasser la croix, de la supplier et de s'en nourrir, de cesser les paroles inutiles, méchantes et contraires à la loi de Dieu, de ne plus semer le doute, de sortir des ténèbres de l'incroyance, de cesser de fréquenter les lieux où Dieu n'est plus, d'arrêter d'envoyer les enfants à l'école, de ne plus partir en vacances.

« J'aurais pu être l'un de ces porte-bonne-parole, m'a révélé Antoine en riant à peine. Un matin, quand je vivais encore dans la Famille, on m'a raconté que j'avais dit “des choses” au cours de la nuit. Et pour cause : j'étais ivre et ma nature joueuse avait dû prendre le dessus sans même que je m'en rende compte. Ils ont tellement besoin de se sentir en communion avec Dieu qu'ils sont prêts à écouter n'importe quelle élucubration alcoolisée. La légende familiale veut que les rêves de Mon Oncle Auguste qui ont mené à la fermeture aient largement été inspirés par l'alcool. Moi, je reste persuadé que ses cousins le faisaient boire, sciemment, dans l'attente que la voix de Dieu leur tombe du ciel. »

Je me demande si ces prophètes improvisés ont conscience du poids de leurs révélations et s'ils jouissent du pouvoir qu'ils ont, à travers elles, sur le destin collectif. Ce ne sont pas des gourous, leur clairvoyance spirituelle ne semble jamais leur conférer de privilège matériel. Je pense qu'ils sont bien davantage des initiés et des traducteurs de Dieu.

J'ai lu quelque part, ou Antoine m'a dit, que la Famille était un troupeau sans berger. C'est peut-être là le secret de sa longévité. Aujourd'hui, je vois la communauté comme une formidable machine autonome, qui s'alimente de temps à autre de signes divins. Elle survit grâce au nombre, à l'effet autorégulateur du groupe et à la ligne de communication directe établie avec Bon Papa. On peut se rebeller contre un chef si on le juge oppresseur, mais je ne crois pas qu'on puisse se révolter contre ses pairs quand on se sait tous égaux, avec Dieu pour seul juge. Ça ne rend pas le système moins terrible. Je pense au contraire que ce pouvoir divin distribué à l'échelle individuelle crée les conditions idéales à la manipulation mentale, d'autant plus insidieuse qu'elle a le visage de ton père, de ta mère, de tous ceux que tu aimes.

« Depuis la création de la page, beaucoup me considèrent comme le Diable, m'a confié Antoine, mais je suis passé à deux doigts d'être un nouvel Auguste. Pour toi, ça doit paraître ridicule, mais tu n'as pas grandi avec le poids du regard de Dieu sur tes épaules, ni avec la certitude que si tu commets un écart, toi ou tes proches en pâtirez. »

Ton père va perdre son travail si tu ne te comportes pas comme il faut.

Si ton petit frère est si malade, c'est parce que tu as été chez ce garçon du Monde en cachette.

Grand-père est mort pour t'avoir laissé blasphémer.

Tu ne voudrais pas que ta cousine perde son bébé ?

Les Tantes

Des pleins et des déliés parfaitement réguliers. De grandes lettres anguleuses, très inclinées vers la droite. De frêles caractères vacillants. Un tracé rond, ferme, presque gravé dans le papier. Lucida Handwriting Regular, corps 14, interligne 1,5. Arial corps 14, interligne 2. Times New Roman corps 12, interligne 1,5. Des centaines de pages manuscrites ou saisies sur ordinateur, plusieurs versions des mêmes textes. Des livres imprimés par un professionnel et précieusement reliés de toile noire. Des cantiques, des prières, des chroniques historiques de la Sainte Famille Bonjour, des textes religieux du milieu du XVIIIe siècle, des copies de lettres d'ancêtres prestigieux, les mémoires du Grand-Père Valstein… Des milliers de pages copiées, des journées entières de travail, du blanchiment de l'aube aux petites heures de la nuit.

Dans la Famille, les copistes ne sont pas des moines. Ce sont les Tantes, femmes restées filles peut-être par choix, mais peut-être pas. En tout cas dévouées pour l'éternité à l'éveil des âmes et à la rectitude des consciences. Scriptes, elles sont aussi gardiennes d'enfants et institutrices pour ceux qui ne fréquentent pas l'école de la République, ceux dont les parents ont pris au pied de la lettre les suppliques d'Auguste et des derniers prophètes sur les vertus de l'éducation à la maison, dans l'espoir de limiter l'afflux d'idées pernicieuses dans les jeunes cerveaux. J'ignore combien ils sont, ces enfants, mais deux amis qui habitent non loin de chez moi m'ont dit que les fils et les filles de leurs voisins partaient chaque matin avec des dames, pas toujours les mêmes, qui venaient les chercher flanquées d'une troupe de bambins d'âges variés.

J'en connais de vue quelques-unes. Ce sont toutes des femmes mûres, qui me font penser à ma tante d'Épinay, directrice d'un groupe d'enseignement catholique pendant trente ans. Elles se tiennent droites, le regard sec, et elles cheminent vite dans la ville, sans temps à perdre, un chignon serré sur la tête ou une longue natte battant au creux du dos. Des souliers plats.

Un soir de juin, j'ai profité de la douceur pour faire une pause lecture dans mon square préféré. Le hasard a voulu que je m'installe à proximité d'une table de pique-nique en béton, occupée par une demi-douzaine de femmes absorbées dans une partie de scrabble. Elles pépiaient joyeusement en picorant des gâteaux secs, sans se soucier le moins du monde du regard des passants. De temps en temps, un enfant passait quémander un biscuit ou se plaindre d'un ballon disparu. Leur partie finie, elles se sont levées en un bel ensemble, ont réuni leur petit troupeau de têtes brunes et blondes et se sont éclipsées comme des souris.

J'ai retrouvé la plus jeune d'entre elles en photo sur Facebook, immortalisée à son insu par un adolescent. Je la reconnais à sa longue queue-de-cheval noire indisciplinée et au gilet violet qui engloutit sa silhouette. Les commentaires sont moqueurs. *T'es fou, toi. T'es mort si tu te fais choper. Des heures de cantiques.*

Je suppose que la photo a été prise chez elle. Derrière son épaule, on découvre un minuscule salon surchargé de gros meubles brillants comme des sous neufs. Une croix toute simple est accrochée au-dessus de la porte de la cuisine. Surplombant la table calée contre un mur, un accrochage dense de photos rayonnant autour d'un arbre généalogique mouluré d'or. Dans un coin, un ballon sauteur rose glissé sous un secrétaire qui supporte un ordinateur portable dont l'écran allumé fait une tache bleue. Cette image n'a pas six mois mais le monde qu'elle donne à voir semble déjà révolu.

Little Boxes

Depuis que je travaille seule chez moi, je m'adonne sans frein à mon goût pour la musique. Il y a presque toujours une playlist en route sur mon ordinateur. J'en construis une par saison, régulièrement nourrie de nouveaux titres, élaguée souvent. Elles sont comme des cadeaux à moi-même, j'y mets tout ce qui peut me faire plaisir au cours d'une journée, de quoi chanter à tue-tête (très faux), de quoi laisser l'esprit vagabonder, des objets sonores que je ne comprends pas vraiment mais dont je me dis qu'un jour viendra où j'en aurai la nostalgie, et des trucs qui me saisissent toujours au même mot, même si j'en connais la plus infime inflexion. *Thanks for the trouble you took from her eyes / I thought it was there for good so I never tried*[31]. Je soigne l'emballage, consacrant de longues minutes à choisir l'image de couverture et à formuler le titre qui me fera encore sourire dans trois mois.

Chacune de ces listes est un autoportrait et il m'arrive de temps à autre de plonger dans les éditions antérieures pour voir ce qui a changé, comme il me prend parfois de suivre le tracé des rides qui s'invitent sur mon visage. J'ai eu mes périodes garage, rap west coast, soul, mon revival grunge, des excursions en terres bluegrass et dans les funks africains. En ce moment, j'ai un penchant assez net pour le folk américain des années 1950 et 1960, guitares déliées, mélodies minimales et mots abrupts.

Certaines chansons m'ont tellement envahie que je me retrouve à en fredonner des bouts quand je m'attelle à un nouveau travail et que je veux pouvoir jouer avec les idées et les informations à ma guise, sans schéma préconçu. C'est comme cela que récemment, alors que j'explorais une nouvelle fois les confins de ta nébuleuse, je me suis rendu compte que je chantonnais la ritournelle de *Little Boxes,* une comptine morose écrite par Malvina Reynolds en 1962 pour dénoncer le conformisme de la société américaine. Ça commence comme ça :

Little boxes on the hillside
Little boxes made of ticky-tacky
Little boxes on the hillside
Little boxes all the same
There's a green one and a pink one
And a blue one and a yellow one
And they're all made out of ticky-tacky
And they all look just the same

Puis la chanson s'attaque aux habitants de ces maisons, qui font les mêmes études, travaillent dans les mêmes boîtes, ont des plaisirs similaires, élèvent tous de beaux enfants qui marcheront inéluctablement dans les pas de leurs pères, en suivant des voies précisément jalonnées par ceux qui sont passés là avant eux.

Nous en sommes tous plus ou moins là. Moi aussi, j'en ai conscience. Mais les balises qui guident ta route, Colombe, sont sacrément plus visibles que celles que je trouve sur mon chemin. Si tu décides de te laisser porter, ton parcours sera facile. Études, domiciles, suivi médical, prestations sociales, scolarité de tes futurs enfants, loisirs, résidences secondaires… Tout est déjà prévu pour toi, jusqu'à ta dernière demeure. La Famille est un univers à part, mais parfaitement organisé.

Tu aimes le dessin et la mode ? Tu voudrais travailler au contact de la nature ? À moins que tu sois attirée par les professions du bâtiment et de la construction ? Dans tous les cas, tu auras tout intérêt à déposer ton dossier dans les écoles qui ont accueilli plusieurs générations des tiens, sachant que certains de tes cousins ont fini par y occuper des fonctions de direction. Et naturellement, si tu as besoin d'un stage, d'un job d'été ou d'un premier emploi, tu ne devrais pas à avoir beaucoup de difficultés à trouver un oncle prêt à te mettre le pied à l'étrier, ou a minima une recommandation bien tournée sur LinkedIn et Viadeo, d'autant plus discrètement que l'éventail des noms de famille est suffisamment large pour dissiper les effluves de népotisme – j'ai vérifié mes suppositions en m'appuyant sur l'expérience du père d'Abel, le futur réparateur d'ascenseur. Je l'ai trouvé facilement sur LinkedIn avec, dans son cercle de relations professionnelles, pas moins d'une quinzaine de membres de la Famille qui pratiquent un art consommé de la cooptation.

Puis un jour, tu auras des enfants, et fini les rêves de dessin et de nature. Tu les feras examiner et vacciner dans n'importe quel centre de PMI du quartier, on vous y connaît tous. S'ils sont malades, tu prendras rendez-vous avec l'un de ces médecins de famille qui n'ont jamais aussi bien porté leur nom, qui ont appris à garder la bonne distance pour ne pas risquer le refus de soins et sont rompus au diagnostic des troubles génétiques qui vous menacent. Idem avec les organismes HLM du quartier ; ils apprécient la solidité de vos garants et ne rechignent pas devant la perspective de remplir leurs immeubles de familles blanches qui ne demandent rien à personne. Et jusqu'à ta dernière demeure donc. Car quand tu mourras, je peux déjà te donner le nom de l'entreprise de pompes funèbres qui mettra ton corps en boîte avant de l'acheminer au cimetière de Thiais, où il reposera, avec ceux de tes cousins qui t'auront précédée dans le trépas, dans l'un des grands caveaux blancs anonymes du Jardin de la Fraternité.

Mais si jamais tu veux défricher un sentier qui n'aurait pas été battu par d'autres, sache que c'est aussi possible, tant que tu ne sors pas de ce qui est acceptable pour les tiens. Avec le temps, la communauté a assoupli ses principes. Même si l'Oncle Auguste l'aurait assurément vu d'un très mauvais œil, de plus en plus de jeunes gens font des études longues qui leur ouvrent la porte d'horizons professionnels nouveaux. Si, du temps d'Auguste et au moins jusqu'à Pardailhan, la Famille était uniformément composée de cols bleus et d'artisans du meuble, ce n'est plus le cas maintenant. J'y vois des commerciaux, des juristes, des experts-comptables, des architectes, des spécialistes de la communication, des consultants de bureaux d'études, des dirigeants d'entreprise, des responsables RH. Des artistes aussi – des musiciens surtout –, et même des électrons libres dont la subsistance semble essentiellement assurée par la solidarité familiale. L'un d'entre eux est mort il y a quelques années, et son mausolée virtuel est encore debout sur Facebook, entretenu de temps à autre par une poignée de cousins. Dans la Famille, on l'appelait Rimbaud. Beaucoup considéraient que c'était un génie. Il a consacré sa vie à la rédaction d'un dictionnaire universel des compositeurs qui n'aura finalement jamais été publié. À sa mort, l'œuvre comportait 42 020 fiches biographiques.

Basile dans la nuit

J'en ai marre de me débattre avec un texte qui ne veut pas prendre forme. Il est beaucoup trop long, je ne retrouve plus sa trame sous les mots, et la chute est pathétique. C'est l'heure de la pause. J'ai besoin d'un peu de vide et d'images qui défilent. En me reconnectant sur Facebook, je m'aperçois que deux notifications Messenger sont arrivées pendant que je torturais mon papier.

Le premier message est d'Antoine. Il est content parce que le journaliste dont il m'a parlé lors de notre unique rencontre semble vraiment intéressé par l'histoire de la Famille. Mais ce dernier a besoin de parler à d'autres personnes avant d'écrire son article. Est-ce que je serais d'accord pour lui raconter ce que je sais ? *Oui, vas-y, donne-lui mon numéro.* Le second est une réponse au message adressé à Basile Pincemin il y a près de cinq mois.

Bonjour Suzanne

Je vous avoue que je n'avais pas le temps de vous répondre le soir où vous m'avez contacté. Ma vie actuelle est tiraillée entre beaucoup de choses, la Famille n'en faisant pas partie.

Je n'ai aucun problème pour parler à ce sujet. Je pense que la Famille est malsaine dans son ensemble, dans sa consanguinité comme à d'autres endroits. Je n'en fais plus partie depuis 18 ans.

Je souhaite accéder à votre demande de rencontre.

Me voici cinq jours plus tard. Il fait nuit, je suis dans le salon avec pour seule compagnie le chien couché à côté de moi, sur le canapé. Malgré l'heure tardive, il ne dort pas. Pas de ventre en l'air, de langue pendante ni de coussinets retroussés sur le poitrail. Il est allongé bien droit, la truffe entre les pattes. Il soupire de temps en temps et les mouvements réguliers de ses sourcils trahissent sa vigilance. Il a l'air de se demander ce que je fais là, mon carnet sur les genoux et le téléphone à portée de main, à l'heure où en principe les humains sont couchés. J'attends Basile. Ça fait quatre jours qu'on doit se parler, ça fait quatre jours que l'on repousse. D'abord lui, puis moi, puis lui, puis lui.

Cette fois-ci est la bonne.

Notre conversation dure deux heures et demie. Je lui raconte tous les enchaînements qui ont fait que je connais aujourd'hui mieux l'histoire de sa famille que celle de la mienne et que je sais par cœur les prières avec lesquelles il a grandi. J'ai peur qu'il me prenne pour une folle. Mais ça a plutôt l'air de l'intéresser.

Basile a trente-sept ans et il a passé la moitié de sa vie dans la Famille. Ses trois frères sont atteints du syndrome de Bloom. Lui y a échappé. Seul son frère aîné est encore proche de la communauté. Son père aussi s'en est affranchi, pour vivre une histoire d'amour. De sa mère, il parle peu.

« Chez nous, la religion, ce n'était pas une priorité, dit-il. J'avais un livre de cantiques, mais je n'ai pas passé des heures à le copier ni même à le lire, il faisait partie du décor, c'est tout. Jusqu'à treize ans, j'ai trouvé ça très cool d'avoir soixante cousins avec qui je pouvais faire les quatre cents coups. Mais en grandissant, ça m'a pesé, j'avais l'impression que la Famille me cachait les beautés de la vie. J'avais honte aussi. De plus en plus honte. De me sentir différent et de devoir protéger un secret imposé par ma naissance. Et puis la Famille m'a privé de ma marraine, elle a été bannie pour avoir souhaité se remettre en couple après une rupture. Il faut que vous compreniez qu'une marraine ou un parrain, c'est très important pour un enfant de la Famille, un peu comme la bonne fée de Cendrillon. Pour moi, c'était un lien doux, une soupape de légèreté dans un univers trop cadré. On m'a dit qu'elle avait fauté. J'avais sept ans, et c'est le mot qu'ils ont employé : "Elle a fauté, tu ne peux plus la voir." Je l'aimais, ma marraine, elle m'a terriblement manqué. Et vous voyez, je me souviens encore du jour où elle m'a téléphoné en cachette. Je peux même vous dire qu'au moment où elle a appelé il y avait une pub pour le jeu Super Mario All-Stars qui passait à la télé. J'ai pleuré toutes les larmes de mon corps en entendant sa voix. À treize ans, j'ai commencé à développer une aversion pour notre mode de vie, mais j'étais encore retenu par ses côtés cool, la fête, l'alcool, les cousines mignonnes. J'étais beau gosse, j'aurais pu me tailler un beau statut dans la Famille ! Quelques années plus tard, j'ai commencé à dealer un peu de shit, avec plein de cousins dans mes clients. Avec le recul, je me rends compte que ma vie aurait pu déraper. »

À dix-huit ans, Basile a décidé de rompre définitivement les amarres pour aller embrasser le Monde : foyer de jeunes travailleurs, bac pro, BTS technico-commercial, postes divers, création d'une société avec un de ses frères… Il est aujourd'hui responsable commercial d'une PME spécialisée dans la collecte et le recyclage des déchets. Il a deux enfants en garde partagée, nés d'un mariage aujourd'hui révolu. Il habite Montreuil et il garde le contact avec plusieurs de ses cousins, restés ou pas dans la communauté.

« J'ai réussi à m'épanouir sur le plan pro comme perso et j'en suis très fier. Mais je sais que tout le monde ne s'en tire pas indemne et que beaucoup passent leur vie écartelés entre le groupe et l'extérieur qu'ils ont appris à redouter. Certains sont heureux dans la Famille, il faut le dire aussi. »

Basile est un homme vif, prêt à rire. Sur l'écran de mon iPad, son visage est très mobile. Ses yeux étirés, presque bridés, ne me lâchent pas, j'ai l'impression que je l'amuse. Il se prête volontiers à mes questions, m'initie au langage du groupe, plein de micro-bizarreries qui sont autant de signes d'appartenance. Il me confirme qu'on dit bien « je suis le fils à Michèle » ou « c'est Xavier à

Michèle ». Il me dit aussi que ses cousins parlent toujours de plans : « c'est quoi le plan pour ce soir ? », ou « je suis sur une fille » quand ils ont un coup de cœur. Les résidences secondaires, c'est « les campagnes ». Je trouve ça charmant, très XIXe siècle. « Ce week-end, on sera dans la campagne à René, vous nous rejoignez ? » Et quand, le vendredi soir – jour de pénitence pour la Famille comme théoriquement pour l'ensemble de la chrétienté –, on récite ses prières ou qu'on lit les livres religieux, ceux qu'on appelle les « livres sérieux », on dit « faire ramcha ». Antoine, que j'interrogerai, ne voudra pas me dire ce que ça signifie, ni d'où ça vient. Moi je trouve que ça sonne comme de l'argot ou de l'hébreu, mais j'ai eu beau chercher, j'ai dû me résoudre à ne pas percer le secret du ramcha.

J'évoque avec Basile ces mystérieux « Pinpin » dont on parle sur Insta – *Les Pinpin c'est tous des voleurs, lmfao.* J'apprends que c'est un des noms de « clan », pour certains inspirés d'aïeux prestigieux, qui désignent des sous-familles, chacun avec sa mythologie particulière. Lui est un Paulette, du prénom d'une grand-mère. Il y a également les Zout, les Mamarte qui descendent d'un Marc à Martine, les Perlin (vu qu'il y a les Pinpin), les Vava – les Belges de la Famille, tout le monde se moque d'eux –, les Auchan – une branche des Dupray –, les Louchebem… Contrairement à ce que j'aurais pu penser, ces noms ne servent pas à donner des repères aux jeunes afin qu'ils évitent les amours trop proches génétiquement. Si tu es un Paulette, tu pourras draguer une autre Paulette. Mais ce sujet n'est pas pour autant pris à la légère.

« En fait, tout cela est assez surveillé. Quand j'avais seize ans, j'avais un crush pour une fille, mais mon père m'a arrêté en me disant que notre taux de parenté était de 12,5 %. C'était vraiment beaucoup trop. Avec ma mère, ils étaient à 3,5 % et pourtant mes frères ont eu les joues rouges… Pour moi, la consanguinité est l'un des pires aspects de la Famille. Je trouve dégueulasse qu'on puisse cautionner un mode de vie aussi dangereux pour la santé des enfants à venir. Et ils disent que c'est le choix de Dieu… »

En raccrochant, Basile m'invite à le recontacter si j'ai d'autres questions. Aux premières heures du matin, il m'envoie des photos de ses enfants et me propose qu'on se tutoie. Je ne lui ai plus jamais parlé depuis. J'ai tenté ma chance, plusieurs fois. Pas le temps, les enfants, les vacances, le reconfinement chronophage. Jusqu'à cet ultime message, à 01 h 01 au dernier jour de 2020 : *Il n'y a pas la place dans mon esprit, ni l'envie, pour ressasser. Les fantômes de mon passé ne sont pas les bienvenus chez moi. Domptés mais puissants, je ne souhaite pas les réveiller. Aussi fort qu'on peut l'être, un combat mené ne doit plus l'être.*

Le silence

J'ai aussi dû patienter plusieurs mois avant d'entendre la voix de Lucie Dupray. Comme Basile et Antoine, je l'avais contactée parce que je l'avais vue intervenir dès les premiers jours d'existence de la page des Partis – *Imagine quand même, être repoussé par tout ton monde.* Mais c'est à l'été que je lui parle finalement. Sans prévenir, elle m'appelle un soir, via Messenger. La conversation est courte. Elle a beaucoup hésité, mais Antoine lui a parlé de moi et l'a encouragée à apporter son témoignage. Elle veut me parler de son oncle. Un vrai oncle celui-ci, pas un Mon Oncle quelconque. Le plus jeune de tous les petits frères de son père. Un homme calme et amusant avec qui elle aimait jouer aux petits chevaux et à la bataille.

Je n'ai pas noté ses phrases exactes tant j'avais la gorge serrée.

Juste ça, jeté vite fait, après avoir raccroché :

– *Viol, de 8 à 13 ans, les week-ends. Mère protège le beau-frère. Père meurt sans savoir. Personne n'en parle. Départ 18 ans.*

Je suis dévastée par l'idée de cette toute jeune femme qui s'en va seule avec son secret. Le vide autour d'elle, la déchirure dedans.

Sur la page, j'ai lu d'autres récits de violences sexuelles. Un père, un cousin, un frère. Alors bien sûr, je me suis demandé si elles étaient nombreuses, ou du moins plus nombreuses que dans la Gentilité. J'en parle un soir à Antoine. Il m'indique que c'est un tabou dans le tabou. Dans la Famille, ce n'est pas plus difficile qu'ailleurs de faire du mal à une femme, l'entre-soi et l'alcool faciliteraient même le passage à l'acte, conjugués avec la conviction que ce qui doit advenir adviendra, que tout est écrit d'avance.

« Mais personne n'en parle jamais. C'est le monde du silence. Chez nous – par moments Antoine dit "chez nous", Basile et Lucie aussi –, c'est pas qu'on lave le linge sale en famille, c'est que tout le monde fait semblant de ne pas voir qu'il est sale. Et puis, si jamais on est acculés, obligés d'en parler, on trouve toujours des circonstances atténuantes. On va dire que son couple bat de l'aile. Il a du mal avec les filles, le pauvre. Tu sais, ton cousin, il n'est pas tout à fait comme les autres, il faut le comprendre. Et au bout du compte, ce sont toujours les victimes qui partent et qui doivent se débrouiller avec leur honte. Les agresseurs, même si trois mille personnes savent très bien ce qu'ils ont fait, ont toujours leurs entrées aux Cosseux. Ils ont le droit de devenir quelqu'un. »

Je ne sais pas ce qu'est devenu le jeune homme qui s'est servi du corps de Lucie, je n'ai pas voulu le lui demander. Peut-être est-il mort, peut-être est-il parti à son tour. Mais il se peut aussi qu'il soit l'un de ces oncles que les enfants viennent saluer les jours de grand rassemblement à Villiers-sur-Marne.

La ronde

Pour aller à l'école, tu voulais mettre ta robe bleu ciel, celle qui tourne si bien. Tu avais même été la chercher dans l'armoire et tu l'avais posée sur ton lit, corolle déployée, avant d'aller te laver. Mais quand tu es sortie du cabinet de toilette, elle avait disparu. À la place, la jupe marron en tergal et le sous-pull vert bouteille qui crépite d'étincelles à chaque fois que ta tête frôle son encolure. Nous sommes en juin, le ciel est sans nuages depuis plusieurs jours, la robe légère aurait sans doute été plus appropriée que cette tenue automnale.

Tu ne veux pas renoncer à ton envie d'azur virevoltant, même si on t'a déjà dit cent fois que c'est péché d'avoir envie d'être jolie. Tu te drapes dans la serviette de la manière la plus décente possible et tu te prépares à affronter ta mère pour lui dire qu'en 1970 les filles de dix ans devraient tout de même pouvoir choisir leurs habits le matin.

Brandissant la jupe brune d'un air déterminé, tu te précipites dans la salle où tu sais pouvoir la trouver, en train de finir de préparer les petits. Son visage t'arrête net, serré, soucieux. Ta sœur est déjà tout habillée dans un coin, engoncée dans la robe grise qu'on lui mettait cet hiver et qui ne lui va plus. Quant au petit, il essaie d'échapper au vieux pull bleu nuit qui pourra bientôt aller à une poupée tant il a rétréci au lavage.

« Maman s'il te plaît, est-ce que je pourrais plutôt mettre ma robe bleue aujourd'hui ?

– Non, tu dois t'habiller sérieusement, Oncle Henri a été rappelé par Bon Papa. »

Voilà qui explique le voile sombre sur les yeux de ta mère.

Tu cherches des mots consolants, mais ta sœur intervient avant que tu aies pu parler. Elle demande si ça signifie que l'Oncle Henri est mort, comme le chat de la voisine. Toi, du haut de tes quatre ans de plus, tu sais que c'est le troisième décès depuis Pâques. Mais contrairement aux disparitions de cette si vieille Tante épuisée par soixante ans de veuvage ou de ce cousin fou qui faisait peur à toutes les filles de la Famille, cette mort-ci te fait de la peine. C'était une présence aimable, l'Oncle Henri. Il était patient avec les plus jeunes et n'avait pas son pareil pour raconter les histoires.

Elles sont toutes là à t'attendre dans la cour de l'école, à votre place habituelle. Vêtues de sombre. On croirait une bande d'étourneaux. Elles vérifient que tu es bien au courant.

« Tu sais pour l'Oncle ?

– Oui, ma mère m'a dit. »

C'est triste. Les souvenirs fusent, à voix basse. Les autres élèves s'approchent, pour voir ce qui vous occupent tant. Mais ce matin, vous n'avez pas de temps à leur consacrer. Un mort dans la Famille, c'est toujours un événement, même si la disparition d'un vieux monsieur sera bien sûr moins éprouvante que celle d'une cousine chérie ou d'un bébé. Mais cela, elles ne peuvent pas le savoir, les pauvres filles de la Gentilité.

La première partie de la matinée passe vite. En sciences, vous parlez de l'espace. La maîtresse vous raconte l'homme qui a marché sur la Lune en juillet dernier. Elle demande qui l'a vu à la télé. Tu ne lèves pas la main, tes cousines non plus. Puis vous avez un cours sur la préhistoire et Sarah, cette imbécile, se ridiculise en affirmant que l'homme ne peut pas descendre du singe parce que Dieu l'a créé à son image et que Dieu n'est pas un macaque. Tu as honte pour elle. Et peur que la maîtresse te mette dans le même sac sous prétexte que vous êtes du même sang. Enfin, c'est la dictée. Pour toi c'est un plaisir, car tu sais que tes lettres sont jolies et que tu ne fais presque pas de fautes. C'est une grande fierté. Tu pourras bientôt aider ta mère qui se débat encore avec la lecture et l'écriture à bientôt trente-cinq ans. Elle a des excuses ; de son temps, l'école était interdite à la plupart des filles de la Famille à cause de ce qu'a dit l'Oncle Auguste sur l'éducation.

À la récréation, les autres proposent une ronde. Te voilà entre tes deux meilleures amies que tu rêverais d'inviter à la maison, mais tu ne peux pas, elles sont de l'extérieur. La cheffe de votre bande décide que vous chanterez « Nous n'irons plus au bois ». C'est une comptine de gosse mais tu y vois une petite ode à la liberté. « Sautez, dansez, embrassez qui vous voulez. »

D'ordinaire, tu la chantes à tue-tête. Mais aujourd'hui, c'est jour de deuil, alors la ronde, ce sera en sourdine. Tu jettes un coup d'œil à tes cousines dans le cercle et tu vois bien qu'elles sont gênées aussi. Pour rendre hommage, comme à chaque mort, tu formeras les mots avec tes lèvres mais tu retiendras ton souffle. Ton silence saluera son âme.

Le lendemain, c'est la visite. Tu as remis tes vêtements de la veille, tu n'as pas d'autres habits sérieux. Tu n'aimes pas ces journées tristes, interminables et crucifiantes d'ennui. Des heures à rester coite en attendant de pouvoir retrouver votre chambre et les livres que tu empruntes avidement à la bibliothèque de l'école. Pour éviter de trop penser à ce qui t'attend, tu donnes un coup de main à ta mère qui ne sait plus où donner de la tête entre les deux petits et le bébé qui ne veut pas tenir en place. C'est normal de l'aider, c'est ton rôle d'aînée.

Et puis vous partez, tous les six. Tes parents avancent vite, comme s'ils avaient peur que quelqu'un les surprenne. Tu cours pour ne pas te laisser distancer, en veillant à ne pas lâcher les mains de ta sœur et de ton frère. En route, vous croisez deux familles sur le retour. Pas des proches, les salutations sont brèves. Et puis cet oncle ivrogne dont tout le monde redoute les colères terribles et les confessions larmoyantes. Ce matin, il a du mal à rester en équilibre sur sa bicyclette tant il a bu. Il manque de tomber en vous faisant un signe. Tu accélères le pas pour rattraper tes parents.

Heureusement, l'appartement n'est pas très loin. Les volets sont fermés, comme il est de coutume. C'est une des cinq filles de l'Oncle qui vous ouvre. Émilienne ou Adrienne, un prénom qui rime avec hyène en tout cas. Et ça ne doit pas tenir du hasard, vu la figure qu'elle a. C'est une méchante pie, celle-ci, elle n'aime pas les filles, sauf les saintes-nitouches comme cette idiote de Sarah qui ne croit pas aux dinosaures. Tu la salues en marmonnant un vague « Bonjour ma Tante », même si tu sais qu'en vrai c'est juste une cousine très éloignée de ton père. Mais elle est célibataire et plus toute jeune, alors on a cet égard pour elle.

Tu entres dans la pièce principale. Tu n'y es jamais venue mais elle te paraît familière. Les mêmes gros meubles que chez feu ton grand-père, les mêmes photos de bébés sur le buffet, une croix de bois noir au-dessus de la porte. Sur la table qui occupe presque toute la place, un poste à transistor qui devait faire la fierté de l'Oncle, qui aimait tant la musique. La salle est noire de monde, on se croirait aux Cosseux le lundi de Pâques. Tous ces gens parlent à voix basse, mais ça fait un brouhaha de tous les diables. La chaleur est irrespirable malgré les carreaux ouverts derrière les volets fermés. Tu repères deux filles de ton école, mais tu sais que ce n'est pas le moment d'aller les voir. Maman te donne un petit coup entre les omoplates.

« Avance donc. »

L'Oncle est là, étendu sur le lit, bien à plat. On l'a couvert d'un drap blanc qui lui monte jusqu'au cou. Les deux lampes de la chambre sont allumées mais ça ne suffit pas à éclairer. Celle posée sur sa table de chevet clignote par intermittence. La lumière vacillante n'arrange pas le tableau. L'Oncle est dans un triste état, jaune, la bouche tordue, les plis du cou déjà affaissés. Du coton dans les narines, avec des taches sombres dessus.

Maman se penche et dépose un baiser rapide sur la tête du mort. Voilà, c'est fini. Tu l'imites geste pour geste. En approchant ton visage, tu remarques que les cils du vieil homme sont un peu mélangés, ça ne fait pas une ligne bien nette comme quand les gens dorment. Sous tes lèvres, son front est d'un froid de pierre. Il dégage une drôle d'odeur, un peu sucrée et grasse, presque celle de la viande de cheval que maman t'envoie chercher chez le boucher.

Un mort supplémentaire. À chaque fois, tu te sens un peu plus adulte. Et quand la tante hyène te sert un fond de Marie Brizard, tu soutiens son regard dur.

Demain, les hommes ont rendez-vous au cimetière pour le dernier adieu. Papa mettra son costume et il reviendra tard le soir, plein de senteurs d'alcool et de tabac froid. Toi et ta mère, vous aurez passé la journée à lire les prières. Les femmes de la Famille n'ont pas le droit d'accompagner les défunts jusqu'à leur dernière demeure et ça te semble injuste. Parfois, tu imagines que quelqu'un que tu aimes de tout ton cœur meurt, ta mère par exemple, ou ton plus jeune frère, et ça te tord le cœur de savoir qu'on va les mettre dans la terre comme ça, sans que tu puisses les accompagner, sous la grande dalle sans nom.

Silas, le chaos

J'arrive bientôt à la fin de mon troisième cahier. Après les hexagones dorés Art déco, il y a eu les ramages bleu-gris sur fond noir pommelé d'argent. L'actuel est un modèle à spirale uni, protégé par une couverture d'un kaki très sombre. C'est son papier qui m'a séduite, une merveille crème finement lignée de pointillés. Ces trois-là vont très bien ensemble. Et j'aime à les empiler soigneusement tous les soirs, juste au-dessus du *leporello* dont les pages noires ont fini par quasiment disparaître sous les strates de post-it. Aujourd'hui, j'ai eu envie de les feuilleter à nouveau, un par un, pour observer le chemin parcouru.

Sur le cahier numéro deux, je retrouve une quinzaine de pages couvertes de bouts de cantiques et de prières. J'aurais très bien pu les saisir sur mon ordinateur, mais j'ai toujours l'impression que l'écriture manuelle m'offre une meilleure proximité avec les mots.

Le numéro trois s'ouvre sur les notes prises juste après ma visite aux Cosseux. Le corbeau qui m'a regardée passer à chacun des tours de pâté de maisons que j'ai effectués. Je lui ai adressé un salut de la main en partant et il s'est envolé paresseusement. Les quatre voitures sur le parking qui longe la propriété, deux du Val-de-Marne, deux de Paris. Les trois chihuahuas suspicieux qui ont tenté de me renifler le bas de pantalon avant que leur maîtresse les tire en arrière d'un coup sec. Le tumulte des gouttes de pluie sur le toit d'un hangar que je n'ai pas réussi à photographier à travers le trou de la clôture. Mes sursauts à chaque fois que j'ai croisé quelqu'un (cinq personnes, au total, en plus du vieux monsieur Gentils-Enfants-Beaucoup-Bruit).

Un peu écorné, le cahier aux hexagones me paraît déjà appartenir à un passé lointain, celui des grandes surprises et des suppositions naïves. Il comporte une soixantaine de pages sur Pardailhan – le film de l'INA, les articles, les deux reportages de France Culture. Toi, Colombe, tu apparais au premier tiers, à l'issue d'une longue séance de valse-hésitation sur Insta. Ton prénom est entouré d'un cadre à l'encre rouge relié à la liste de tes dix plus fidèles abonnés, six de la Famille, dont Agathe ta BFF, quatre du dehors.

En feuilletant les pages du début, mon œil s'arrête sur une courte mention, que j'ai du mal à décrypter près d'un an après. *Transports Pincemin-Thibout (Meuse).* C'est le premier lien que m'a remonté Google le jour où, pour la première fois de ma vie, j'ai entré ces deux noms dans une barre de recherche. Je me souviens que j'avais rapidement visité le site de l'entreprise avant de passer à autre chose. Mais maintenant, un détail m'intrigue. Pourquoi la Meuse ?

Je retourne sur la page des Transports Pincemin-Thibout. Je n'y apprends pas grand-chose, si ce n'est que la PME familiale spécialisée dans la logistique, le transport, l'entreposage et les déménagements d'usines est en activité depuis 1971. Par acquit de conscience, je vais aussi jeter un coup d'œil à la fiche Google de l'entreprise. Elle est créditée de 2,5 étoiles sur 5. Après trois avis élogieux, je découvre une salve de critiques acerbes, émises par plusieurs personnes dont les idées, comme les mots, se recoupent de très près. Parmi les mécontents figure un certain Jérémie Pincemin. Il a une dizaine d'autres avis à son actif. Presque tous sont positifs, à l'exception d'une violente diatribe à l'encontre d'une société textile de Haute-Loire, les Ateliers Prolook. Il n'y va pas de main morte, Jérémie, attaquant de front la qualité du travail fourni, le respect des délais et le mode de vie des dirigeants, qu'il qualifie de moyenâgeux. À côté, la volée de bois vert qu'il adresse aux Transports Pincemin-Thibout serait presque aimable.

Sur le site des Ateliers Prolook, j'apprends qu'il s'agit d'une entreprise familiale, ben tiens, forte de trois générations d'expérience qui *conçoit, réalise et fabrique des vêtements de maille haut de gamme*. Ses dirigeants sont un homme d'une cinquantaine d'années et une femme plus âgée. Sur un site dédié aux fichiers de prospection commerciale, je découvre que ces deux-là sont également à la tête d'une SCI qui compte une vingtaine d'associés.

Uniquement des Pincemin, des Dupray, des Dréau et des Thibout. La SCI s'appelle Vincent Thibout.

Grâce à cette liste, en fouillant un peu, j'identifie une troisième structure, spécialisée dans l'informatique et la communication, située, elle, dans une ville chic de l'Aisne. Je consulte quelques profils LinkedIn et, pas de doute : les listes de relations et les recommandations croisées montrent que les trois entreprises sont intimement liées. J'observe aussi que la majorité des personnes concernées portent des prénoms à consonance biblique – Rachel, Sephorah, Ari, Uriel.

Sans surprise, je constate que Jérémie Pincemin, l'homme qui dénonce leur mode de vie moyenâgeux ne figure pas dans leur réseau. Mais je le trouve sur Facebook. C'est un jeune homme d'une trentaine d'années au visage fin et au regard décidé.

Cette fois-ci, je ne tergiverse pas pendant des heures. Je lui écris, lui expliquant dans le détail le long périple qui m'a menée jusqu'à lui : la Famille, ses avis, Pardailhan, Vincent Thibout. *Comme la teneur de vos messages me laisse penser que vous êtes en rupture de ce groupe, je me permets de vous contacter pour savoir si vous seriez partant pour répondre à quelques questions.*

Il se passe quelques jours, puis il me répond. *Il serait intéressant de pouvoir échanger à ce sujet.*

Nous parlons longtemps. Plusieurs fois. Nous nous écrivons beaucoup. Jérémie me raconte ce qui s'est passé après l'échec de Pardailhan. Tous les kibboutznikim ne sont pas revenus pour de bon à Paris. Quelques-uns ont choisi de rejoindre Vincent Thibout, qui caresse encore des rêves de communauté idéale, mais ailleurs, à une échelle plus modeste. Après un essai avorté dans un coin perdu de la plaine de Brie, ils mettent la main sur les locaux d'une ancienne colonie de vacances en Haute-Loire. Cette fois-ci, il ne sera pas question d'agriculture. Les hommes et les femmes gagneront leur vie grâce à ce qu'ils savent le mieux faire : mécanique et couture. Petit à petit, les affaires décollent et les Ateliers Prolook voient le jour.

Vincent ne reste pas très longtemps en Haute-Loire. Il abandonne les rênes de la jeune entreprise à son cousin Albert et part s'installer dans la Meuse avec quelques compagnons, dans la maison qui abrite aujourd'hui le siège social des Transports Pincemin-Thibout. C'est là qu'il finit ses jours en 1974, à quelques mois de son cinquantième anniversaire. Sa tombe, à ce que croit savoir Jérémie, serait toujours veillée nuit et jour par ses descendants.

Albert se révèle bon gestionnaire. « C'était un homme droit, convaincu d'avoir fait le meilleur choix pour les siens. Tant qu'il a été là, tout se passait à peu près bien, même si nous vivions coupés du reste du monde. » Comme à Pardailhan, les petits sont en effet élevés par le groupe, et pas par leurs parents, qu'ils ne voient qu'aux repas et les jours de repos. Des dortoirs – filles et garçons séparés – sont aménagés par tranche d'âge et surveillés par un adulte différent chaque nuit. La journée, pendant que les parents travaillent à l'atelier, les enfants suivent l'école à la maison. Et ce jusqu'à la sixième. Les adultes ne sortent quasiment jamais de la propriété familiale. S'ils ont besoin d'habits ou de médicaments, c'est la communauté qui les leur fournit.

Dans la bouche de Jérémie, cette période semble presque appartenir aux heures heureuses. Mais ce qu'il me décrit me glace les sangs, la discipline rigide et les familles méthodiquement cassées pour que les enfants n'appartiennent qu'au groupe. Les adultes qu'ils vont devenir, enfermés à jamais dans son emprise et qui mourront sans avoir vu ne serait-ce que les ciels d'orage sur le mont Gerbier-de-Jonc ou la course folle des ruisseaux gonflés par l'hiver.

Avant son décès, en 1999, Albert désigne ses successeurs : une femme d'une cinquantaine d'années et Silas, le fils de cette dernière, âgé de vingt-sept ans.

Silas le chaos, dictateur et tortionnaire.

Il exige qu'on le respecte. Au moindre écart de comportement, Silas se fâche. Un verre renversé peut suffire. Ou un regard pas assez déférent. Il cogne, il gifle, il met des fessées, il se sert d'un bâton, de triques, de fouets, de boules de pétanque qu'il faut tenir à bout de bras, les genoux sur des dalles gravillonnées. Il enferme dans une cave, parfois pendant plusieurs jours. Il prive de nourriture. Il ordonne des centaines de lignes de copie. Il force les enfants à aller réclamer des coups à leurs propres parents. En l'espace d'une dizaine d'années, onze enfants subissent ses sévices, souvent secondé par sa sœur Salomé, dévouée responsable de l'éducation des plus jeunes.

Silas frappe aussi les parents. Les adultes vivent dans la peur des colères du chef. Un climat de défiance règne entre eux. Et Ava, une autre sœur, joue les tours de contrôle. La plus minime erreur au travail est dénoncée dans l'instant et vertement punie.

Jérémie découvre qu'il existe un ailleurs en entrant au collège au Puy-en-Velay pour le collège. Jusque-là, il n'était presque jamais sorti de la maison. Le choc est brutal. *Je me suis battu plusieurs fois violemment parce que je ne savais pas ce qu'était l'enfance.*

En 2003, tout s'arrête. Au retour d'un week-end, un employé de l'internat qu'il fréquente repère de nombreuses traces de coups sur le corps d'un de ses cousins. Les autorités sont alertées. Le garçon est placé. Très vite, Jérémie et toute sa famille sont chassés des Ateliers, de crainte qu'ils ne soient un peu trop bavards. Mais le mal est fait : quatre ans plus tard, Silas est condamné à la prison, pour « violences habituelles sur mineur de quinze ans ». La peine est courte cependant, et largement aménagée.

Lâchés dans le vide, Jérémie, sa mère, son père, son frère et ses deux sœurs ont dû apprendre à vivre à l'extérieur et à se comporter comme une famille ordinaire. Encore aujourd'hui, les liens qu'ils ont noués sont très fragiles. *Nous n'en sommes pas sortis indemnes. Pas un seul d'entre nous. Je ne sais pas si je pourrai un jour avoir des relations sereines avec d'autres êtres humains.*

Quant aux autres gosses torturés, la plupart sont partis mais peinent à trouver leur place dans le monde. Quelques-uns sont restés, se rangeant finalement aux côtés de cette figure paternelle toute-puissante, la seule qu'ils ont connue. *C'est peut-être ça le pire dans cette histoire. Nous avons tous aimé Silas de tout notre cœur.*

Sa peine accomplie, Silas Pincemin a retrouvé la direction de l'entreprise et de la communauté. *Mais je crois savoir que les violences se sont arrêtées et que l'autarcie s'est assouplie. Les enfants vont à l'école de la commune dès les petites classes maintenant et un représentant du groupe est même entré au conseil municipal. Tout le monde sait qu'ils sont un peu particuliers, mais personne n'y trouve rien à redire, d'autant moins que l'entreprise est prospère, ce qui est toujours bon à prendre dans une région aussi rurale.*

J'interroge Jérémie sur les Transports Pincemin-Thibout et l'entreprise de communication de l'Aisne. Il ne les connaît que peu. Il sait qu'ils vivent aussi entre eux, sans enfant désormais, mais c'est à peu près tout. Il reconnaît que l'avis déposé sur Google à leur encontre était sans fondement, mais il voulait faire comprendre à tout le réseau qu'il n'avait rien oublié. Quant à l'entreprise de communication, c'est une autre histoire. Récemment, un témoin lui a rapporté que le système éducatif actuellement en vigueur dans ce groupe est très proche de celui qu'il a connu dans son enfance.

De mon côté, je lui raconte la Famille. Je sens que pour lui, tout cela est très lointain. *Les gens de Paris, on n'en parlait quasiment jamais. Ils sont considérés comme des traîtres à l'idéal de Vincent Thibout.*

Quand j'évoque le jansénisme convulsionnaire, il est en terres inconnues. *Nous on se percevait comme des juifs. Des juifs adorateurs de Jésus, fêtant Noël, le Nouvel An, le Vendredi saint, Pâques et la Pentecôte, mais des juifs tout de même. On avait d'ailleurs adopté une partie des règles de la vie judaïque : shabbat, la kippa, les bras couverts pour les femmes, auxquelles s'appliquaient en outre la niddah, le principe selon lequel l'épouse est impure pendant ses menstruations.* Mais ça l'intéresse. Il demande l'adresse de la page des Partis.

Par la suite, il y racontera son histoire, en postant les deux grands articles de presse qu'il a suscités en prenant contact avec des journalistes.

Un jour, je découvre un échange de commentaires humoristiques entre lui et Basile. Ça m'émeut, j'aimerais croire qu'il y a là deux fils d'une histoire torturée qui pourraient tisser ensemble quelque chose de nouveau.

Au grand jour

Le journaliste annoncé par Antoine finit par m'appeler. Je lui raconte les photos de classe de mes enfants, mes premières recherches en dilettante, les périples dans le quartier, les heures passées sur les réseaux, cette chance insensée d'avoir découvert la page des Partis à ses tout débuts, la rencontre avec Antoine, les Cosseux entraperçus.

Lui n'en revient pas. Pourtant, il en a couvert des sujets étranges. Mais cette communauté, là, il devait se pincer pour y croire au début. Deux cents ans à vivre dans le plus grand des secrets en plein cœur de Paris, à attendre la fin des temps et leur ascension aux côtés de Bon Papa. L'endogamie, l'alcool à flots et les contraintes liées à la fermeture. Mais aussi tous ces gens qui pourraient être nos amis ou nos enfants, ces jeunes gens stylés qui font du rock et du skate, ces filles qui se déchaînent sur « Balance ton quoi, » ces enfants rieurs qui dévalent les rues du 20e en hurlant comme s'ils étaient seuls au monde.

Quand je raccroche, je ne peux pas chasser une sensation désagréable. Jusqu'ici, j'ai été l'une des rares à avoir passé la tête de l'autre côté du miroir. Si je dois être tout à fait honnête, je me sens comme un enfant auquel un adulte aurait emprunté son jouet et qui craint que de grosses pognes le cabossent. J'ai honte de mettre ces mots sur mes impressions car de quel jeu parle-t-on ? En tout cas, je suis convaincue que si le journaliste révèle tout cela au grand jour, ça risque fort d'ébranler la Famille. Comment vont-ils réagir ? Ne risquent-ils pas d'enfermer un peu plus les petits ? De leur dire : « Tu vois nous avions mille fois raison de te dire de te tenir à l'écart de la Gentilité, ils nous veulent du mal. »

Finalement, le papier paraît en double page centrale d'un grand quotidien national, complété par deux longs podcasts[32]. C'est un bel article, détaillé et bien mené, qui se contente de décrire sans juger. Un aiguillon de surprise quand je découvre mon prénom au détour d'un paragraphe. *Suzanne, une voisine.* Me voir associée à leur histoire me fait un drôle d'effet. L'observatrice observée.

Les réactions ne tardent pas : accusations de voyeurisme, de trahison, de mensonge d'un côté, admiration et soulagement de l'autre. Et ceux qui se rassurent : *C'était prévu. Nous savions que nous devions être persécutés.* Pour les gens du dehors, c'est la sidération. *Chez nous, dans nos rues ? Deux à trois milles personnes, tous ces enfants si gentils ? On n'aurait jamais pensé que ça puisse exister.* La machine à fantasmes se met en route : certains sont sûrs que la Famille et la secte de Charles Manson homonyme ne font qu'une, d'autres se demandent ce que fait la police, d'autres tablent sur la proportion d'enfants anormaux, *ça doit grouiller de monstres là-dedans*.

Ce premier appel d'air en entraîne d'autres. Un deuxième grand quotidien publie à son tour une enquête, lourdement inspirée de la première. Et quelques jours plus tard, une amie marseillaise m'envoie un lien. *Tiens, c'est chez toi, tu as entendu parler de cette histoire dingue ?*

Je découvre une vidéo où, pendant cinq minutes, Damien – le Damien qui m'avait paru si serein dans l'émission que France Culture avait consacrée aux descendants de l'expérience de Pardailhan et dont je n'avais pas retrouvé la trace – raconte sa trajectoire : vingt ans dans la Famille, vingt ans au dehors, l'incrédulité de ceux à qui il s'ouvre, ses peurs quand il est parti, ses difficultés à affronter un extérieur dont personne ne lui avait donné les codes, son engloutissement dans le travail jusqu'au burn out. Mais il est là, droit devant la caméra, à expliquer d'où il vient, sans haine.

Antoine, Lucie et Basile non plus n'ont pas de haine. C'est le groupe et son système qu'ils rejettent, pas les personnes qui le constituent. « La Famille est à l'image du reste de la société », m'a dit Basile lors de notre longue conversation nocturne. « On y trouve tout l'éventail de l'humanité, des gens très brillants comme des abrutis, de parfaites ordures et de vrais gentils. »

Suspends

Tu n'aurais pas dû regarder ton téléphone dès le réveil. Tu sais qu'en général tu en prends pour dix bonnes minutes rien que pour checker tous tes messages. Sur le lot, il y en a toujours un qui va t'énerver et la journée va mal démarrer. Tu le sais et pourtant tu l'as fait. Comme tous les matins depuis que ton parrain t'a offert ton premier téléphone.

Quarante-six notifications WhatsApp. Tu te dis que ça craint. Que ça sent le décès ou la grosse révélation et tu ne sais pas ce que tu redoutes le plus. Finalement, tu découvres un seul message, posté par quelqu'un avec un pseudo qui ne te dit rien. *On nous a dit de tout passer en privé. Insta, Facebook, tous les RS.* Suivi d'une salve de *OK,* quelques *Pk ?* deux *LOL* et un *Tinder aussi ?* qui t'arrache un sourire.

Ton index a déjà touché le *O*.

Tu suspends ton geste.

Tu vois bien pourquoi on vous demande ça. C'est à cause de ces articles parus cet été qui ont foutu un beau bordel. Surtout le premier, celui-là, il a pris tout le monde par surprise. Aux Cosseux, à la fête du 14 juillet, tu as même vu une très vieille tante pleurer. Et il y a eu les rouges de colère qui s'affirmaient prêts à aller casser la gueule aux balances. Aussi ceux qui disent qu'il fallait que ça arrive, que le secret, ça fait bien longtemps qu'il a commencé à prendre l'eau. Dans le coin, vous êtes connus comme le loup blanc. Faut dire que quand les hommes débarquent à vingt-cinq au bistrot pour la Soupe, on les entend jusqu'à Bastille. Et au bois de Vincennes, c'est pire. Les gens vous voient arriver de loin et ils s'écartent d'eux-mêmes pour vous laisser la place. Les rois du monde.

Mais toi, tu ne parviens pas vraiment à mettre des mots sur ce que ça t'a fait. Tu ne dirais pas que tu t'en fous, car tu penses à ta jeune sœur qui risque de prendre cher à la rentrée ; les gosses sont cruels entre eux et celui qui sort du lot est pointé du doigt. Tu es bien placée pour le savoir, tu te souviens encore de tes joues brûlantes quand tu as rendu ce devoir sur les sectes en cinquième. Dans la case définition, tu avais écrit *Ma famille.* La prof l'avait lu à haute voix, en pensant que tu t'étais moquée d'elle. Elle était nouvelle dans le quartier, la pauvre. Toute la classe était écroulée, parce qu'ils savaient parfaitement que c'était la vérité. Et cette cousine qui avait ri avec les autres, car elle, c'est une Delahaye et les Delahaye, ils ne sont pas beaucoup ; il n'y a pas grand monde qui sache qu'ils sont de la mifa.

C'est sûr, tu aurais préféré qu'on vous laisse tranquilles. Mais d'un autre côté, tu sens bien que votre vie est à part, et pas qu'un peu. Ça t'énerve quand tes cousins ou tes tantes essaient de te démontrer que vous n'êtes pas des Amish, que ce n'est plus comme avant, que maintenant vous êtes libres de faire ce que vous voulez, même de ne croire en rien, comme ton père et ta mère. Tu as envie de répondre que c'est une liberté en carton, et qu'encore elle n'est même pas pour tout le monde, certainement pas pour les gamines à nattes longues, ni leurs mères qui déambulent comme des fantômes et prient pour le salut de ton âme quand elles voient ton piercing au nombril.

Toi, tu verras plus tard.
Pour l'instant tu es bien.

Tu regardes ton téléphone, tu scrolles vers le haut pour voir qui a répondu quoi. Et surtout ceux qui n'ont pas répondu. Tu souris en constatant qu'Agathe est aux abonnés absents, pourtant à cette heure-ci, elle l'a forcément lu, elle est autant rivée à son téléphone que toi. Son silence ne t'étonne pas, elle t'a dit plusieurs fois que pour elle le moule était trop rigide, qu'elle ne s'y conformerait pas éternellement. Tu lui as juré que quoi qu'elle fasse ça ne changerait rien à votre amitié, BFF, juré.

Moi aussi j'ai souri devant ta dernière story, Colombe. Le ciel était d'un bleu violent de fin d'été, la mer de mercure. Tu étais de dos, tu t'avançais vers les vagues les bras dressés, une serviette rouge nouée autour de la taille, les cheveux raidis par le sel. *J'aime les gens qui doutent, les gens qui trop écoutent leur cœur se balancer*[33], as-tu commenté.

À qui destinais-tu ces mots, à quel « monde » ? Pas à moi, c'est sûr, tu ne sais même pas que j'existe. Mais le simple fait que tu sois née dans la Famille lestée d'un si grand secret te condamne à mener de front plusieurs vies.

Pour les plus religeux des tiens, tu seras Colombe l'élue de Bon Papa, qui ne doit pas déchoir.

Avec tes cousins, tu seras cette fille qui ne se pose pas de questions, toujours partante pour les plans en soirée, pour les concerts et les tournois de foot. Tu voudras être comme eux, juste cultiver ton petit jardin intérieur pour te sentir exister. Tu auras peur de ne pas être assez jolie ou assez douce pour les garçons qui te plaisent. Tu feras tout pour paraître à la fois fun et responsable dans l'espoir d'être choisie comme marraine d'un nouveau-né.

Pour l'extérieur, tu seras sans doute cette élève dans la moyenne, puis cette jeune femme sans histoire, serviable, sympa, toujours le sourire aux lèvres. Un peu discrète, peut-être.

Mais pour toi, qui es-tu ? Dans le creux de tes nuits, quand tu écoutes ton cœur se balancer, que te dit-il de ses incessantes oscillations ?

Pouvoir choisir

Nous voilà un samedi, il est neuf heures du matin, ma famille est réunie dans une lenteur paisible et j'ai tout le loisir de regarder les miens vivre comme il leur plaît. Carmen rit à gorge déployée, penchée sur l'écran de son smartphone. Georges est étalé de tout son long sur le tapis, les yeux fermés, une main assoupie sur l'encolure du chien qui soupire doucement. Jieff dessine une caricature de notre fille au feutre vert sur le dos d'une enveloppe qui traînait sur la table. Il sifflote un air pour lui-même.

Les trois dernières pages du cahier kaki resteront vierges. Il est temps pour moi de reprendre ma route.

Il y a quelques jours, mon amie Charlotte m'a demandé s'ils avaient été éprouvants, ces mois en compagnie de la Famille. J'ai d'abord rejeté la question d'une pichenette, comme je le fais d'ordinaire avec toutes les interrogations qui me demandent un minimum d'introspection. Mais il faudra que je dise à Charlotte que si, finalement ça a été éprouvant, au sens premier du terme, celui de l'expérience de soi, de la mise à l'épreuve. Ces croyances, ces façons d'être au monde si lointaines et si proches ont détaché une large part des certitudes dont j'avais l'habitude de me hérisser.

Je clos mon récit avec la sensation vertigineuse d'avoir été le témoin privilégié d'une aventure humaine peut-être unique au monde, celle d'hommes et de femmes qui croient que les liens du sang sont autant de liens à Dieu. Malgré tout, je ne comprendrai jamais tout à fait comment le ferment de cette foi si forte résiste au passage du temps et aux séductions du Monde. Et je ne peux rien présager du devenir de la Famille. Sera-t-elle encore là dans vingt ou trente ans ? Que va-t-il se passer maintenant que le secret de son existence a été révélé ? Maintenant que les plus jeunes peuvent avoir accès facilement à ce que le monde extérieur dit d'eux ? Qu'une enquête a été annoncée en octobre 2020 par Marlène Schiappa, ministre déléguée à la Citoyenneté ?

Je laisse mon café refroidir en feuilletant distraitement une revue. Dans ma playlist, je choisis « Queen of Denmark », un vieux titre à l'humour amer de John Grant que je saccage de mon *voice over* approximatif.

I wanted to change the world
But I could not even change my underwear [...]
I don't know what to want from this world
I really don't know what to want from this world
I don't know what it is you want to want from me[34].

C'est un moment vacant dans lequel nous sommes tous les quatre livrés à nous-mêmes, jouissant sans entrave de ce que nous sommes. Pas le sommet de l'exaltation, mais un bonheur de plaine.

J'ai failli écrire « c'est tout ce que je te souhaite, Colombe ». Mais en fait non. Ce que je te souhaite, c'est de pouvoir choisir toi-même tes sommets et tes plaines. Et de les arpenter à ta guise, en emportant ce qui t'importe de ton histoire.

Remerciements

Ce livre doit beaucoup à tous ceux qui ont accepté de me parler de leur histoire personnelle et de leur vision de la Famille. Leur patience, leur confiance et leur écoute ont été d'une grande aide. Je tiens particulièrement à remercier l'homme que j'appelle Antoine qui a su faire fi de ses réticences initiales pour consacrer un temps considérable aux innombrables interrogations dont je l'ai bombardé, avec une hauteur de vue et une clarté hors du commun. Je souhaite que les combats qu'il mène depuis de longues années aboutissent enfin et qu'il y trouve l'apaisement. Merci à son avocate Sylvia de Sousa.

Je voudrais aussi saluer mes amies si chères, « celles du café » ou d'ailleurs, qui ont su m'inciter à m'aventurer dans les méandres de l'aventure de l'enquête puis de l'écriture au long cours. Dans ma vraie vie, elles s'appellent Christine, Isabelle, Laëtitia, Laurence, Marie mon *Sensei*, Sandrine B., Sandrine T. et Sophie.

Que grâce également soit rendue à tous ceux qui un jour m'ont encouragée à lâcher la bride à ma curiosité. Ma mère, qui faisait si bien semblant de ne pas voir que je lisais jusqu'à pas d'heure. Mon père, qui m'a prouvé qu'on pouvait chercher et rêver toute une vie. Mon frère, qui m'a appris toute petite à regarder les images. Ma maîtresse de CM2, qui m'a dit un jour : « Tu sais, il y a des gens dont c'est le métier d'écrire ». Mario et Guy, qui ont ouvert mon oreille à tous vents.

Les filles d'Avrils, sans qui rien.

Et vous trois, là, qui faites ma vie.

Sources et références

1. *Histoire d'Hérodote*, traduit du grec par Pierre-Henri Larcher, tome 1, Charpentier, 1850.

2. D'après l'émission *La Fabrique de l'Histoire*, « Dissidences chrétiennes, épisode 2 : Le mystérieux kibboutz de Pardailhan », diffusée sur France Culture le 18 avril 2017. Bibliographie associée : *Un aller-retour*, Claude Gutman, Folio Gallimard, 2016.

3. « Reportage dans le village abandonné de Pardailhan près de Béziers où un groupe de Parisiens vit en communauté sur le modèle des kibboutz israéliens », par Jean-Claude Bringuier et Gilbert Larriaga. *Cinq colonnes à la une*, INA, 1961.

4. « C'est écrit dans le ciel », A. Alstone et G. Tabet, Barclay, 1960.

5. « Un groupe de Parisiens fait renaître ce village abandonné de l'Hérault », par Daniel Gerson, *Le Monde*, 29 décembre 1960 ; « Le kibboutz de Pardailhan n'entend pas renoncer à son expérience de retour à la terre », par Roger Bécriaux, *Le Monde*, 8 mars 1961 ; « Le kibboutz de l'Hérault s'est reconverti à l'artisanat », par Roger Bécriaux, *Le Monde*, 24 juillet 1963.

6. « À Pardailhan, premier kibboutz de France », par Daniel Gerson, *La Terre retrouvée*, 1er novembre 1960.

7. *France: Parisians Found Israeli-Style Kibbutz In Languedoc, Community Of 89 Work 375 Unfertile Acres*, Reuters, 1961.

8. « Le kibboutz de Pardailhan est dissous », *Le Monde*, 28 août 1963.

9. « Les mystères de Pardailhan », par Jean Egen, *Lecture pour tous*, juin 1961.

10. *Bouvart et Pécuchet* suivi du *Dictionnaire des idées reçues*, Gustave Flaubert, GF Flammarion, 2011.

11. D'après l'émission *La Fabrique de l'Histoire*, « Dissidences chrétiennes, épisode 3 : Du mystérieux kibboutz de Pardailhan à la communauté parisienne », diffusée sur France Culture le 19 avril 2017. Bibliographie associée : *Les Amis de l'Œuvre de la vérité : jansénisme, miracles et fin du monde au* XIXe *siècle*, Jean-Pierre Chantin, Presses universitaires de Lyon, 1998. *Les Convulsionnaires de Saint-Médard : miracles, convulsions et prophéties à Paris au* XVIIIe *siècle*, Catherine Maire, Gallimard, 1985.

12. Les faits et extraits rapportés dans le chapitre « Bonjour Lili » sont tirés de la thèse de doctorat de Serge Maury, *Histoire d'un groupe convulsionnaire tardif à la fin du* XVIIIe *siècle :* « Les Fareinistes » (Université Lyon III Jean-Moulin, 2014).

13. Malachie III, 23-24.

14. Voir : cessenon.centerblog.net.

15. Voir : derives-sectes.gouv.fr.

16. Note d'information de la Miviludes sur la communauté « La Famille », Anne Josso, 4 juillet 2017.

17. *In* « Le désarroi janséniste pendant la période du quesnellisme » par Joseph Dedieu, *Revue d'histoire de l'Église de France*, 1934.

18. *In* « Recueil de la Sainte Famille », auteur et date de publication inconnus, Archives privées.

19. Archives privées.

20. Lettre d'Élisabeth Pelletier, archives privées.

21. « C'est la mif », par TLF feat. Rohff. Producteur Verbal Kint, *Ovni*, 2012.

22. Archives privées.

23. « La maison des protestants incendiée », *Le Parisien*, 11 juin 2013 ; « La salle de prière protestante incendiée », *Le Parisien*, 12 juin 2013.

24. « Val-de-Marne : incendie criminel d'un lieu de culte protestant », riposte-catholique.fr, 12 juin 2013.

25. Mireille Havet. *Journal 1919-1924, « Aller droit à l'enfer, par le chemin même qui le fait oublier »*, Éditions Claire Paulhan, 2005.

26. « I Follow Rivers », *Wounded Rhymes*, 2011, par Lykke Li, LL Recordings.

27. Archives privées.

28. Voir : orpha.net, mars 2014.

29. *Lettre de mon père, discours du Frère Lacroix, Vicaire de la Charité, du 20 mars 1742*. Archives privées.

30. Archives privées.

31. « Famous Blue Raincoat », Leonard Cohen, Sony/ATV Music Publishing Canada Company, 1971.

32. « Une affaire de Famille », par Nicolas Jacquard, *Le Parisien*, 21 juin 2020.

33. « Les gens qui doutent », *Comment je m'appelle*, Anne Sylvestre, 1977.

34. « Queen of Denmark », John Grant, Bella Union, 2010.

En collaboration avec Radio France.

france culture

radiofrance

Les Avrils, une collection imaginée par
Sandrine Thévenet et Lola Nicolle.

Enthousiasmes littéraires

Conception graphique : Atelier 25.
Composition : Nord Compo.
Correction : Sophie Loubier et Sarah Détré.

Achevé d'imprimer en France par l'imprimerie Aubin, à Ligugé.
ISBN : 978-2-491521-74-5
N° d'impression : 2104.0281
Dépôt légal : avril 2021